詐欺師ロクさんシリーズ

# 悪い奴は眠らせない

## ―坊主丸儲けの巻―

深大直樹
Naoki Jindai

文芸社

もくじ

《主な登場人物》

・**詐欺師ロクさんこと、峰　禄三郎**……元某大手電気メーカーの技術開発室長で、現在は技術コンサルタント自営。五十四歳、独身。裏仕事の「世直し詐欺グループ」のリーダー。

・**野田次郎**……ナンバー2。四十五歳。経営していた鉄鋼工場が倒産し、今は友人の工場で請負作業をしている。妻と中学一年になる女の子がいる。

・**安田敏雄**……ナンバー3。自称二十代後半。計理士の資格をめざし親の経理事務所の手伝いをしながら勉強中。几帳面な性格で指示されたことは正確に処理する。独身。

・**市川安夫**……ナンバー4。二十八歳。会社組織にはついていけない性分でアルバイト生活。明るく、なんでも軽く引き受けるが、時々忘れることもある。独身。

・**梶　理加**……ナンバー5。唯一の女性メンバー。自称二十二歳。パソコンの操作が得意。自宅でコピーライターもどきの仕事をなりわいとしている。

・**岩田秀子**……峰の行きつけの居酒屋《川秀》のおかみ。五十歳過ぎの独り者で峰に執心。

・**杉田**……役者で、峰の高校同級生。

・**関本道男**……仏遠寺《ぶつおんじ》住職。悪徳坊主。

・**関本政子**……関本の妻。

・**関本由理子**……関本の長女。短大二年生。

・**関本義彦**……関本の息子。浪人中。
・**野口**……安田の学友で、仏遠寺の所化《しょけ》（住み込みの小坊主）。
・**西村とき**……仏遠寺の裏手に住む檀家のお婆さん。

・**古賀一彦**……峰の友人。某商社ハワイ支店支店長。
・**ジョン高田**……国際弁護士。ジョン高田法律事務所代表の日系三世。
・**ナンシー**……古賀が行きつけのナイトクラブのホステス。二十四歳。
・**キャサリン**……離婚係争中の日米ハーフ女性。ジョン高田の顧客。三十代の熟女。

# 第一章　居酒屋の場

いつものカウンター席に座ると、その音に気がついたのか、

「あーら、先生、今夜は随分お早いんですね」

と声をかけながらオシボリを手にして、奥の調理場からこの店のおかみが出てきた。

オシボリを受け取りながら、先生と呼ばれた峰禄三郎は、

「ママ、あとで奥の座敷を借りるよ」

と言葉を返した。

「なーに、今夜は。皆さん集まるの？」

「ああ、久し振りに《仕事》をすることになってね」

ここは調布市のはずれ、世田谷の成城寄りに位置する入間町の一角。まだそこかしこに野菜畑が点在している。住宅地の一角で、小粋な造りの料理屋風の構えの居酒屋《川秀》の中であ

る。

この店の客筋は、ほとんどが馴染み客で占められていて、たまに初めての客が入ってきても、客同士の馴れ合い的な店の雰囲気が気になるのか、あまり長居しないで帰ってしまうことが多い。ここのおかみは、水商売の経験がないまま、素人からいきなり始めて、今年の三月で三年めに入った。最近、ようやく居酒屋のおかみらしくなってきた。

年齢は、たしか五十歳を少し出たところであるが、一度も結婚をしなかったせいか、所帯ずれしておらず、一見四十歳前後に見られている。客たちも近所の綺麗な奥さんという雰囲気なので気安さがあり、家で軽く食事をしてから遊びに来る人も結構いる。

このような気安い店が比較的はやる原因は、最近の家の間取りに関係があるようだ。個人個人に独立した部屋をもった構造が一般化して、以前のように大きな座敷で食事をしながら一家団欒《だんらん》の時を持つことがなくなり、食事も各自バラバラな家庭が多くなった。たまに食卓が一緒になっても、食事が済むとさっさと自室に引き上げてしまう。

とり残された主人《あるじ》は、古女房の愚痴話を避けるかのように、近所に楽しくて安い店があれば、そこに足が向くので、最近のような夜の世界の不況でも、このような店は結構はやっている。

峰禄三郎こと、ロクさんがこの店に来るようになった経緯は、ほんの偶然からだった。この店が開店して一年ほど過ぎた頃に、友人と散歩がてら通りがかった時に、目についたのだ。

「あれ、こんなところに、いつのまにか居酒屋ができてるよ」

「本当だ。入ってみるか」

と、ぶらりと入ったのが、きっかけだった。最初からおかみとは馬が合ったようで、またその日の客たちとも気が合い、話題に花が咲いたこともあって、ちょくちょく利用することになったのだ。

出る料理も、所謂《いわゆる》、《おふくろの味》といわれるたぐいの料理が多く、中高年には喜ばれている。

時々、各地方の珍しい食材を取り寄せては、「これはサービスよ」とふるまうママの商売気《け》抜きのところも人気となっている。

その取り寄せた地方が、たまたま来ていたお客が最近出張した先で、その日の話題となることもしばしばだった。また時には、出張先からの帰りに立ち寄った客が、「お土産だよ」と差し出した地方の珍しい食べ物を、来ている客に提供することもある。そのような日は店が一体となり、一層客足をよくしている。

そんなところから、なんとなく常連客の間では、出張や観光旅行に行った先で、変わった食材を見つけると買い込み、帰った翌日あたりに持参してきてその夜の酒のツマミとすることが、一種の決まりのようになっている。

第一章　居酒屋の場

峰がおかみと特に親しくなったのは、ある日たまたま二人きりの夜、ママの長い身の上話を打ち明けられ、語り合って以来であった。

その日は朝から小雨が降りしきり、一日中肌寒い日であった。季節は初夏だったが、その年は梅雨明けが遅く、七月も第一週に入っているというのに、降ったり止んだりの日々が続いていた頃であった。

夜の十時を過ぎた頃、峰が一人でぶらりと入ってみると珍しく客が一人もおらず、手伝いの女性も早く帰したらしく、カウンターの中でおかみの秀子が洗いものをしていた。

おかみは入ってきた峰の顔を見るなり、うれしそうな笑顔を見せた。

「まあ……久し振りね。ひと月近くも顔を見せないで、どこで浮気をしていたの。今夜は見てのとおり、早々と皆さん帰ってしまったので、たまには早く閉めようかと思っていたのよ」

「じゃあ、だめかな」

「どうぞ、どうぞ。二人でゆっくり飲みましょうよ」

おかみは言いながら、辛口の銘酒を一升瓶ごと抱えてきて、グラスを置いた。

「これを飲んでいてね、何か見つくろいますから」

「はい、はい」と言いながら、峰は手酌で飲みだした。

「ママ、この酒はすごく美味《うま》いな」

「そうでしょう、そのお酒はあの中川さんが……、知ってるでしょ、よく顔を見せるサラリーマンの方……」

「うん、よく知ってますよ」

「先日、秋田の出張先でご馳走になったのがとてもおいしかったので、一本分けてもらったんですって。地元の限定品だそうよ」

「そう、秋田のどの辺《あた》りかな」

「なんでも大館の隣り町の田代町というところの地酒で、地元の周辺でしか知られていない銘柄なんですって。しかも予約品だそうよ」

話しながら、おかみは手早く鮪《まぐろ》の山かけと、ウドの酢味噌和えを手にしてカウンターから出てきた。

「さあ、ゆっくりやりましょう」

峰の隣に座りながら、

「おつまみは、こんなところでいいでしょう?」

取り皿を並べ、ぐい呑みグラスを差し出し、

「さあ、私にも注いでくださいな」

と最初の一杯を、一気に空けた。

「ああ、おいしい。ねえ、ロクさんは、これから先も一人で過ごすつもりなの?」

おかみの秀子は峰への呼び方を、その時の状況によって《先生》と《ロクさん》とに使い分

けていた。

二人で飲みながらの話題は、自然に身の上話となっていった。この居酒屋を始める経緯そのものが、おかみの岩田秀子の半生記でもあった。

――秀子の父親の岩田達造は、もとは東京下町の深川生まれで、戦災に遭い、昭和十九年の九月頃に東京西郊の現在の土地に移り住んできたそうだ。その頃のこの周辺は一面の農地で竹藪が茂り、そこここに農家が点在しているという片田舎であったらしい。

父親の職業は大工の棟梁で、そもそも達造がこの土地を選んだ目的は戦災を避けることが大きな狙いだったが、いずれ戦後の復興の建設ブームにでもなれば広い土地が必要となると見越し、東京郊外もこの辺りになるとかなり安く土地が手に入ったためであった。

達造は三人の職人を引き連れて、住まいと工作工場と事務所の建築にとりかかった。工場は材木置き場も含めて、かなりの広さの土地を手当てしていたそうで、その土地が現在の秀子と弟妹の安定した生活のもとになった訳である。

この地へ越してきた翌年の春に、達造は近所の人の世話で見合い結婚をしたが、その相手が秀子の母となった人である。実は達造は、深川の戦災で女房と一人の息子を亡くして、心に大きな悲しみを持っていたのであった。

しかし、二度目の妻も、結婚一年後に秀子を産みはしたものの、産後の肥立ちが芳しくなく床に就く日が多くなり、半年後に風邪をこじらせて、あっけなくこの世を去ってしまったという。秀子はほとんどお手伝いのおばさんが育ててくれたそうで、達造はよほど女房運が悪いらしい。

その頃戦争も終わり、戦後の再建ブームが始まり、秀子の父は従業員も十二名ほどに増やして夢中で働き、悲しみを打ち消していったようだ。

秀子が中学一年となった頃、秀子の父はお手伝いの二人のうちの一人と三度目の結婚をすることになった。どうも、その数年前から二人は深い仲になっていたらしい。結婚することになったのも、すでに身ごもっていて五カ月に入った頃で、内輪で結婚式をあげたという。

その頃、東京郊外の農地は、休耕状態にしている農地は宅地並みの課税の対象となり、周辺の農地はこぞってアパートの建設へと、競って市役所に宅地変更の申請をした。また、市の行政が住民増加を市の大きなテーマとしていたのとも重なり、農協（今のＪＡ）や銀行が、積極的に建築資金の貸し出しに走ったのであった。

秀子には弟と妹ができ、一般的な家庭の雰囲気が得られるようになった。しかし、それも六年ほどしか続かなかった。後妻の秋子が従業員の若い職人といい仲となってしまい、それをお手伝いの忠告で知った達造はカンカンとなり二人を追い出してしまったのだという。受注につぐ受注で、あまり女房を構わなかったのが原因であったようだが、もともと秋子は浮気性だったのかもしれない。

秀子も高校三年となり、弟妹たちも小学生になっていた。父親からは、短大だけでもと進学を勧められていたが、

「私、実は勉強のほうはあまり好きではなかったし、むしろ身体を動かすこと、商売に首を突っ込むほうが性に合っていたのね」

と笑って峰のグラスに酒を注ぎながら言った。

「その頃はすでに、学校から帰ると父の建築事務所の手伝いをしていたのよ」

高校を卒業すると、秀子は迷わず岩田工務店の事務員となり、水を得た魚のように、毎日遅くまで頑張ったようだ。受注のほうは相変わらず続いていた。なにせ銀行がアパート建築をやんやと焚きつける時代であった。銀行としては家賃収入での返済が確実に見込め、間違いのない手堅い仕事となるからだ。

その後、隣が新築したから我が家もと、古い農家の建て替えが流行りだした。農家は庭を広く持っているので家の間取りも多く、材料も贅を尽くした注文住宅となり、それが一種の流行となっていった。いきおい施行の日数もかかり、アパート建築の時の粗利益が出なくなっていった。

秀子には縁談が数回あったが、嫁に行く気がなく、できたら婿をとって家業を継ぎたいというのが本音であった。身体を許したほどの男性も三人ほどいたが、結婚するまでにはいたらな

かったのだそうだ。

そうこうするうち、時代はさしもの建築ブームも一段落し、アパートの時代から大型マンションの時代へと移っていった。受注は大手ゼネコンが受けて、一般工務店はその下請けとなる時代が到来した。岩田工務店にも声がかかったが、下請けに発注する金額があまりに低いのと、達造の性格から下請けが性に合わないということで断りつづけた。この土地に移り、開業してすでに五十年も過ぎ、達造もまもなく七十歳になる年になったので、このあたりが潮時と決意し、解散することにしたという。

従業員や職人たちのなかで、独立希望者には道具や設備を分け与え、その他の者は同業者に声をかけ就職依頼をしたが、給料の点であまり折り合いがつかなかったという。

岩田工務店は、かなり高収益を上げていたので、同業から比べると給料の差が相当出ていたのだ。それでも何人かは勤め替えさせることができた。

その頃はもう秀子の弟妹たちも、それぞれ世帯を持ち、秀子はまた父親と二人きりになった。父親は気が抜けたような状態での日々を過ごす毎日で、長年忙しく碌《ろく》な旅行もできなかったから、一カ月ほどかけて、九州から主な温泉めぐりに出させた。山口から松江に廻り帰宅した頃には、秋も深まった季節となっていた。

達造は帰ると、まもなく風邪を引き、長年働きづめの疲れも出たのか、体力も目だって落ちだし、近くの弘成会病院に入院させた時には、すでに肺炎を起こしていた。二週間ほどの入院で、あっけなく亡くなってしまったという。

野辺の送りを済ませ、ぼけっとした日々を過ごしている秀子に、友人が遊びに来て、

「どうしているかと思って覗いてみたら、すっかり老《ふ》け込んで……。商売でもしたら？」

と勧められ、あれやこれやと考えた末に、居酒屋を始めることにしたのだという。

秀子のためにと、父親が会社を解散する前に賃貸マンションを二棟建てておいてくれたので、充分遊んで暮らせるのだが、友人が指摘したように、なんだか老け込みが早くなりそうなので、自宅の前庭に居酒屋を建てることにしたのだそうだ。

独立したかつての従業員に依頼すると、何人もかけつけてきた。間取りは秀子の希望に従い、建て方は職人たちの発案で、凝った造りとすることに決まった。総檜づくりで、天井は屋久島の杉材、カウンターは紫檀の一枚物を使うというように最高の材料を使って出来上がった店は、この付近では見かけない小粋な居酒屋となった。

開店直後から、かつての従業員たちや近所の知友たちの溜まり場となり、気楽な雰囲気の店となっていった。最初は経験者の女性を雇っていたが、今では同級生で未亡人になっている友人に手伝ってもらっている——。

「……これが私の半生記ね」

語り終えたおかみに峰は、「今、付き合っている人はいるの?」と尋ねてみると、

「ここ数年、空き家なの。そのうち、ロクさん、入居してくれる?」

との答えが返ってきて、峰は思わず秀子の頬を両手でそっと挟み、唇を近づけた。秀子は目を閉じ口を半開きにして、峰を待っていた。

はじめは舌を入れ合い、ゆっくり絡ませ合っていたが、だんだんリズミカルになり長い口づけとなった。

峰が唇を静かに離す。

「ふう……」

秀子は長く息を吐き、その目は潤んで峰を見つめて、

「いつかは、深く愛してね」

と囁《ささや》いたのだった。

そんなことがあってからは、おかみの峰を見る目に特別の感情が籠《こも》るようになっていった。


「今晩は」「こんばんはー」

と次々に峰の仲間が揃いだしたので、峰はカウンターを離れ、

「ママ、奥の座敷に移りますよ」

とおかみに声をかけ、立ち上がった。

# 第二章　作戦会議の場

裏仕事をする仲間が、全員《川秀》の奥座敷に顔を揃えた。

メンバーは五名で、リーダーの峰禄三郎は、以前は某大手電気メーカーの技術開発室長であった。特に化学には強く、今まで新製品の開発には、かなり貢献をしてきた。だが、ある年の新製品開発の件で、実力重役と意見の衝突をしたのをきっかけに、退職してしまった。前々から何かと口出しをされ、我慢をしてきたのだが、いずれそういう日が来ることは分かっていた。

退職後、技術コンサルタント業を個人で経営し、かつての取引関係の数社から声がかかり、今では技術顧問契約をもしている。

年齢は五十四歳で、企業に勤めていてもいずれ定年を迎えるので、独立はよいきっかけだったと本人は思っている。

以下、年の順に紹介すると、二人めは野田次郎で、四十五歳である。彼は鉄鋼工場を経営していたが、この長い不況で資金繰りに行き詰まって銀行の支援が得られず倒産に至り、今は友人の工場で請負作業をしている。ある程度は時間を自由に調節できる。女房と中学一年の女の子の三人家族である。

三人めは安田敏雄で、三十歳を過ぎているが、本人は二十代後半を自称している。計理士の資格をめざして親の経理事務所の手伝いをしながら目下勉強中なのだが、自由な時間はいつでも調節できる。几帳面な性格で、指示されたことは正確に処理する。ガールフレンドはいるようだが、もっぱら独身を楽しんでいる。

四人めは市川安夫、二十八歳であるが、どう見ても二十三、四歳にしか見えない。なんでも器用にこなすが、会社組織にはついていけない性分のようで今はアルバイト生活をしている。性格は明るく、なんでも軽く引き受けるが、時々忘れることもある。独身を謳歌している。

五人めは女性で、梶理加。二十二歳と本人は言っているが、実は二十代半ばにはなっている。パソコンの操作が得意で、ある広告会社と契約しており、自宅で各種のカタログの文章作成やコピーライターもどきの仕事をなりわいとしている。

――この、職業も年齢もバラバラな連中が知り合ったのは、京王線つつじヶ丘駅の北口商店街にある雀荘で、よく雀卓を囲んだ麻雀仲間だったことにあった。このメンバーが《裏仕事》を目的としたグループを組むきっかけとなったのは、ある事態に一緒に取り組んだことからだった。

それは、昨年の十一月末の頃であった。久し振りに同じメンバーで雀卓を囲んだ時に、唐突に野田次郎が皆に声をかけた。

「今夜で暫《しばら》く皆と遊べなくなる。今夜が最後と思って、皆の顔を見たさもあって来たんだ」

その訳を聞くと、長い不況で受注の落ち込みが続き資金繰りに行き詰まり、銀行に融資の申し込みを何度もしたが、現状を聞かれそのまま正直に話したところ、冷たくあしらわれてしまったという。

業績が順調な時は、設備拡張をしたらどうかとか、さかんに先方から融資をもちかけてきていたのが、実際に資金が必要なときは、けんもほろろの扱いであったそうだ。

銀行とはそのようなものと分ってはいても、実際に自分が体験してみて、予想していた以上の冷酷さが身にこたえた——という話であった。

それで、野田は泣く泣く十二月早々に会社を整理することにしたとのことであった。

それを聞いた安田が、銀行の裏の商いについて話しだしたのだ。

「銀行はね、最近は超低金利時代なので、収益を出すために、ノンバンク業界に数百億、数千億と融資をしているんだそうだ」

峰がそれを受けて、

「それは公然の秘密だよ。その結果、バブルが弾けてかなりの銀行が不動産関係やノンバンクに融資した資金がパンクして、かなりの不良債権を抱え込むはめになってしまったんだよ」

自然に話題が金融業界の仕組みの裏話や政界、教育界などで、《法の網をかいくぐって悪辣《あくらつ》な稼ぎをしている輩《やから》がいて、新聞種になるのは氷山の一角だろうな》と意見が一致した。

やがて、そのような連中を懲らしめる方法はないものかと、話がその点に集中した。

安田の家の経理事務所のメインバンクは、野田が取引していたのと同じ銀行だとわかった。

そのうえ、安田の話では、そこの支店長と融資担当課長は、身のほど知らずの高級クラブに頻繁に出かけている噂が出ているのを最近耳にしたとのこと。

野田の敵討《かたきう》ちの意味も含め、その銀行を調べ、担当の不正を暴いてみよう——と話がまとまり、自然、峰がリーダーと決まり、その方法も一任することとなった。

「つつけば必ず何か出てくるだろうと思う。この調査は安田の敏さんとあたってみる。痛めつける方法が見えてきたら集合をかけることにするが、どうだろう」

峰の意見に全員がオーケーした。


その翌日、くだんの銀行へ安田経理事務所の紹介をもらった峰が、支店長か融資担当課長へと面会を求めて行くと、応接室に通されることとなった。

面会の目的が、峰の家を担保としての億に近い融資の申し入れであったので、窓口ではすまない範囲であると窓口の係長が判断しての結果だった。本当の目的は融資をしてもらうのでなく、応接室へ通されて高感度の盗聴マイクをセットすることにあったので、まず第一歩は成功したわけである。

峰は女子行員に案内され、彼女がお茶の用意で部屋を出た隙に、手早くテーブルの下段の棚の隅にマイクを貼り付けることができた。貼り付けたマイクは小型の超高感度の性能をもち、約五百メートルぐらいまでは明瞭に音をキャッチできる高精度の受信機とセットになっている。

やがて支店長が名刺を持って入ってきた。

「初めまして。私が支店長の坂下です。どうぞ、おかけください」

「技術コンサルタントをしている峰です。安田事務所の紹介をいただきまして、融資のお願いにまいりました」

「そうだそうですね。どんな申し込みですか？」

どうせ、融資には無理な条件なのは分かっていたし、借りるのが目的ではないので、峰は気軽である。

「事務所を都心のマンションに移したいので、私の自宅を担保に、八千万ほどの融資をお願いにまいったのです。ここに権利書の写しを持ってまいりました」

支店長は権利書を見ながら、言った。

「この物件では、お宅の申し込み金額はどうも無理ですね。二千万ぐらい落とせば、なんとかできるかというところですね」

「うーん、それでは希望するマンションに入れませんので、もう少しなんとかなりませんか？」

「いや、それが精いっぱいですね。それにお宅は私どもとの取引の実績がありませんからね」

「わかりました。帰って検討してみます」

権利書の写しを返してもらい、峰はあっさりと引き上げることにした。

その日の五時頃に、安田のライトバンに受信機をセットし、峰も同乗して銀行の周辺を走らせて、盗聴のテストを試みた。

「先生、何時頃を中心に盗聴しますか？」

「そうだな。業務時間内ではあまりややこしい話はできないだろうから、五時から八時頃を中心に盗聴してみてくれ」

その銀行は地方の小さい店舗なので、支店長室はなく、支店長の席は一階フロアーの奥にあって、課長あたりとの込み入った話は応接室でするとの情報は得ていた。

銀行から百メートルほど離れているところに、スーパーとそこの駐車場があるので、そこに乗り入れてテストに入った。

十分くらい過ぎた頃、車内に設置したスピーカーからバタンと扉が閉まる応接室の音が流れてきた。

——支店長、昼に来た客はどんな用件でした？——

——ああ、あれは当行の実績もないのに、ずうずうしい融資の申し込みでな、安田さんとこの紹介だから、聞いてあげただけだよ——

——ところで、塚本課長、例の○○不動産に出ている分は、そろそろきりがつくのじゃなかったかな——

——そうですね、それとなく様子を聞いときますよ——

——本店の監査が入る前に、一度きりをつけておかなくては——

盗聴の感度は非常に良好で、この距離だとライターを擦る音まで入ってくる。

「これはいいな。なんだか最初から怪しげな話が飛び込んできたな」

峰は満足げな顔をし、安田に声をかけた。

「今日はテストだから、このあたりで引き上げよう。明日から頼んだよ」

翌日から安田は盗聴結果をテープに取り、毎夜九時過ぎに峰のところへ届ける日課が始まった。五、六日は特にこれと思われる不正に繋がる内容の会話は入っていなかったが、ある日、決定的な会話が録音できた。

　塚本課長と支店長の密談だった。

――支店長。○○不動産への短期貸付口の十億が、来週の初めにいったん、きりがつくそうです――

――ああそう、一年の約束が約十カ月での返済となるのだな。年利一〇パーセントの約束だったから、十カ月ではどうなる？――

――連絡が入ってから計算してみたのですが、八千三百三十三万……と、まだ三が続き割り切れないですが、どこで切り捨てますか？――

――四桁以下は切り捨ててあげなさい――

――はい。それと表へ出す金利は二・五ですか、三ですか？――

――本店には三の報告で出してあるんだ――

――残りは六、四の割合で、私と君の裏口座へ処理しておいてくれ。それと、本店に報告していない五億の口、約束は来月末になっているが、様子を当たっておくように。大丈夫とは思うがね――

――ありがとうございます。△△不動産の件は早速、様子を聞いときます――

――それから、君がよく飲みに行く銀座の店に、先日本店の審査部長がお客を連れていった時、君を見かけたと話されてギクッとしたよ。店を変えるか、少し自重したほうがいいな――

――えっ、そうですか。申し訳ありません、これからは気をつけます――

――じゃ……頼んだよ――

パタンと扉を閉める音で終わっている。

安田からテープを受け取った峰は、あまりの収穫に驚いた。

「大変な連中だね。こんなに裏利息を着服しているのに、野田さんに二千万ばかりの融資をしないなんて許せんな。これは一件や二件ではないな。引き続き今月いっぱい盗聴をやっていこう」

「分かりました。まったく驚きですね、これは犯罪になるんでしょ？」

「勿論《もちろん》だよ、立派な犯罪さ。公金横領と背任行為になるんじゃないかな。どう痛めつけるか検討に入るか」

峰の立てた銀行攻撃方法は、土地売買にまつわる商談をでっちあげ、短期の融資をさせて、その金を焦げつかせるというものだった。

峰は早速、行動に移った。最初にしたことは、登記所に行き、休眠会社の中から不動産会社を見つけて名義を買い取ることだった。次には、代表取締役の変更の処理を行なった。

代表者は実際に銀行との交渉も行なうために、ある程度それなりのおしだしのある人物を用意する必要がある。峰はあれこれと思いめぐらした結果、高校での同級生で演劇部にいて、今でも二流の劇団に所属している、役者の杉田という男に白羽の矢を立てた。この男とは数年前に高校の同窓会で会って久し振りに飲み、それ以来、年に数回は彼の舞台を見てやり、終演後にはご馳走してやっている仲なのである。

新宿の小田急デパートの十三階にある和食料理屋で待ち合わせをし、飲みながらその話を持ちかけたところ、杉田は大いに乗り気になった。彼は、たまにドラマの端役などでテレビに出ているので、用心のため、ある程度の変装をさせることで、その不動産会社社長の役を引き受けてもらった。

杉田にはまず、ターゲットの銀行に二百万ほどの金額の口座を作らせた。まとまった金額なので、最初から窓口での印象を与えたようだ。

次に十日間の間に数十回、金の出し入れをさせると、貸付窓口の係長から、定期のお願いと申し入れがあったとの報告を受けて、峰はこのあたりが交渉の時と考えて、次の行動をとるよう、杉田に指示を与えた。

「もしもし。〇〇銀行ですか?」

——はい、そうです——

「私は○△不動産ですが、支店長をお願いします」

――少々お待ちくださいー―

――はい、お待たせしました。支店長の坂下ですが、どんな御用ですか？――

「土地取得についての融資のお願いで、お時間をと、お電話したのです」

――それでしたら、貸付課長に会われたらいいでしょう――

「いや、今回は金額の大きさもあり、そのほか、支店長に重要な情報のお知らせもありますので……」

――なんだか判りませんが、では明日の四時過ぎでしたら時間がとれますが――

「結構です。では明日、四時半に伺います」


杉田が指示どおり支店長にアポを取ったことを報告すると、峰は当日のシナリオを詳しく話して聞かせた。

「では、明日はこんな要領で進めてみてくれ。まず、物件の説明をして、三億円の融資の申し入れをする。勿論、相手は即座に断ってくるだろう。君はおもむろにテープレコーダーを出してスイッチオンする。あとは、君得意のパフォーマンスで惚《とぼ》けてくれ。相手はびっくりしてテープに手を出すかもしれないが、そこは用心してな。その頃、君の携帯に電話を入れるから、テープを切って相槌《あいづち》だけしてくれ。多分その隙に支店長は出て行って課長と相談するだろう。

そしたら、盗聴マイクの回収をしてくれ」

「分かった。終わったら、そちらに廻るよ」


杉田は翌日、約束の時間にシャッターの降りた銀行の脇にある通用扉の前に立ち、インターホンのボタンを押した。

「支店長と約束をしている○△不動産ですが……」

――はい。今開けます……どうぞ――

銀行内に入ると行員は皆まだ仕事中で、カウンターの外にはまだ三人ほど客が手続き待ちをしている。女子行員に案内された応接室のソファーに腰を落ちつけるのと同時に、支店長が入ってきた。

「このあとに打ち合わせがあるので、あまり時間はとれませんので」

お互いの名刺の交換もそこそこに、切り口上の挨拶だった。

(今に吠えづらかくぞ) 杉田は内心独りごちた。

「私もゆっくりできませんので、では早速用件を……。この土地を購入したいので三億ほどの融資をお願いします」

杉田が土地の図面を広げて支店長の目の前に差し出すと、チラッと見ただけで、

「ちょっと待ってください。いきなりそんな金額の申し入れをされても、お宅さんと、うちは

まだ取引を始めてわずかですからね」

予測どおりの反応である。

「ですが、この土地にはある事情があって、今が買いどきでしてね。すぐ分譲販売をしますから、半年ぐらいで返済できますよ」

「ですが、初めてのお取引では本店のオーケーもとれませんし、無理ですね」

「では、当支店の裏資金を廻してくれませんかね」

「なんだって！　あなた、そんな資金があるわけないでしょうが」

（だんだん素っ気なくなってきたのも、ここまでは予定どおりだな）

杉田はテーブルの上に小型カセットを出し、黙ってスイッチを入れた。そこから、支店長と課長との会話が飛び出すと、「あっ」とみるみるうちに支店長の顔色が変わりだし、頬をピクピクさせている。

「君、そんなものをどこで手に入れたんだ！」

慌ててカセットに手を出したので杉田は素早くスイッチを切り、カセットを仕舞ったところに、彼の携帯電話が鳴りだす。

「ちょっと失礼」

杉田は部屋の隅に立って行き、「もしもし、うんうん……」「はい、わかった」「うんうん」

「そのように話してみましょう」

一段と声を大きく返事をして携帯を仕舞いながら席に就くと、待ちかまえたように、支店長が尋ねた。

「君、恐喝が目的で来たのかね」

「とんでもない。あくまで正規の融資の申し込みですよ。たまたま私の友人がこのテープを持ってましてね、一応私が押さえたんですよ。これが外部に流れたら、大変なことになるでしょう。背任だから、普通なら今ごろ警察と検事の立ち入りですよ。感謝をしてもらいたいものですね」

杉田は続けて、

「今の電話はその友人からで、別の内容のテープがまだ二本ほどあるそうで、入手経路は秘密ですが、我々の手以外にこのテープの内容は外部に漏れていませんから安心してください」

「では、どうしろと言うのかね」

「今日融資の書類の手続きが済みましたら、このテープをそちらに渡します。私どもの口座に入金が完了した時点で残りのテープを渡しますが、テープは買い上げてもらいたいのです。一本百万円で、都合三百万円というのが友人の希望でしてね」

「それでは、やはり恐喝ではないですか」

「違いますよ。融資のほうは商取引で、このテープは貴方たちが買い上げるのが筋でしょう。それもこんな安い条件なんか、どこにもありはしませんよ」

覚悟を決めたのか、支店長は案外あっさりと同意した。

「間違いなく、残りのテープも押さえてくださいね。それと、融資の返済の約束もお願いします」

「勿論ですよ、先ほども説明したように、半年後には全額返済できますから」

「では、ちょっとお待ちください」

支店長は例の課長と相談するために出ていった。

その隙に杉田はテーブルの下の盗聴マイクの回収を無事終わらせ、一人きりになったままなので、今までの経過を峰に電話をして報告した。

——帰りは気をつけてくれ。タクシーを乗り継ぎながら、ここに来てくれ。先方はまず誰かを尾《つ》けさせるだろうから——

「分かった。予定どおりに行くと思うよ。奴らは手荒な真似はしないだろうな」

——それはないよ。君がどこに入るかを、突き止めたいだけさ——

そこに支店長が書類を手にして入ってきた。（課長が顔を出さないのは、やはり何か企《たくら》んでいるのかもしれないな）と杉田は感じた。

「どうもお待たせしました。必要なことは記入してきましたので、サインと代表印を押してください」

先ほどの態度とは打って変わり、丁寧《ていねい》な態度で書類の説明をしている。彼は指示されたサインと印鑑を捺《お》し、控えの書類を手にすると、テープを支店長に手渡し席を立った。

銀行を出る時、課長の席を見ると空になっていた。銀行の前の通りは結構タクシーが通るので、数分で乗ることができた。

行き先を告げると、車は府中に向かって二十号線を直進していく。彼は、じっと後ろを見つめている。（やっぱり奴があとを尾けているな）

「運転手さん、どうもこの車は尾けられているようなので、その先から旧道に入ってみてください」

「はい、私も後続の黒の小型車が気になってはいたんですよ」

柴崎の先から旧道に入る信号があって、その信号が赤信号に変わる寸前にタクシーが旧道に曲がると、どうだろう、その黒の小型のライトバンも強引に信号を無視して曲がってくるではないか。

「間違いなく尾けているね。運転手さん、まっすぐ行くと調布駅に出ますが、そこに大きな信号があって、その先の角にスーパーがありますから、その横で停車してください。買い物をする振りをして下車しますから、そのまま五、六分停車していて、適当な時に発進してください。ここで精算しておきます。チップも含んでいますから、ハイどうぞ」

杉田が料金の約四倍の金額を渡して車から降り、スーパーの裏口から入る時ちらりと後ろを見ると、信号を曲がった角に例の車が停車しているのが確認できた。（下手な尾行で、馬鹿な奴だ）杉田はうまく尾行をかわしたので、ほっとしていた。

彼はスーパーの中を突っ切りそのまま正面から出て、目の前の京王線調布駅から一つ戻って国領駅で下車し、またタクシーを拾って峰宅に向かった。


「やあ、ご苦労さん。いま美味いコーヒーを淹《い》れるから、休んでいてくれ」

峰宅の応接室に入ってソファに座るなり、不動産屋の代表役を演じた友人はおもむろに付け髭を取り眼鏡を外すと、役者の杉田の顔に戻った。

「峰よ、奴ら、私だと判らんだろうな。多少はテレビで顔が知られているからね」

「大丈夫だよ。かなり雰囲気は変わっていたよ。奴らは相手の顔なんかより、自分たちの悪事を暴露されるほうに気が向いているから。それより明日、念のために午前中に一度支店長に電話を入れて、振込みの確認をしておいてくれよ」

香ばしいコーヒーの香りを漂わせ、二人分のマグカップを両手に持った峰が席に就く。

「さすがに役者だよ。キミはちょっと顔を弄《いじ》っただけで、それらしくなるからな。もう奴らの前に出ることはないから、安心してくれ。勝負は、ここ二、三日でつくよ」

峰は杉田に数百万の礼金を渡した。この礼金には口止め料も含まれていた。峰にいくら《世直し》という大義名分があるとはいえ、友人に詐欺行為の片棒を担がせてしまったのだ。このことは絶対口外しないよう約束させて、二人は久し振りで近間で一杯やることにした。

翌日、峰は例の麻雀仲間に手伝わせて、銀行から融資の名目で出させた三億の資金の引出しと、会社の解散処理を手際よく済ませてしまった。銀行が調査に乗り出したのは、それから二、三日後のようで、もはや架空の不動産屋は影も形もなく追跡も不可能な完全犯罪であった。儲けた金は会社を潰された野田への慰労金としてはもちろん、皆に分配されたことは言うまでもない。

テープは約束どおり、二本を支店長宛に発送したが、それ以外にコピーをしておいた。峰はその処理について、社会的に表面化させるか、銀行の本店に送るか迷った末、彼らを犯罪者にまで追い込むのは可哀そうだとの結論を出し、本店の総務部長宛に発送をしておいた。この問題が銀行内部でどう処理されるか興味のあるところであったが、後日判明したところによると、本店の調査部が例の支店に入り、徹底的に調査をしたそうだ。

支店長と課長は懲戒免職となり、三億円の融資の焦げつき分は決算時に不良債権として処理してしまい、結局外部に漏れることを恐れ、支店の不正は一部の上層部の人間だけで処理してしまったようだ。

この程度の不正は、金融界ではかなり埋もれているだろうと峰は思った。世の中には数百万か数千万の不足で自殺をしてしまう中小企業のオーナーがいるわけで、それを考えると峰禄三郎は居ても立ってもいられない憤りを感じた。

そして、このことをきっかけとして《法の裏をかいくぐって悪事をしている輩を痛めつけてやろう！》と決意し、「世直し詐欺グループ」の結成となったのである。例の仲間たちは、峰が目的の説明をすると全員一致で賛同して、メンバーとなった。

峰は一応、グループの基本規約を作った。

一、相手から起訴をされない方法で行なう。

一、このグループの存在を家族、友人などには絶対に明かさない。

一、メンバーの構成は現在のままで増員しない。

一、得た収益の配分は（収益とは可笑《おか》しいが）峰に一任、報酬は全員均等とする。

余剰金は次の仕事の準備資金とする。余剰金の一部は積み立てておき、難民救済の寄付を行なう。

——というものである。

しかしこの秘密厳守については、《川秀》のママ岩田秀子や、その時々の信頼のおける外部協力者は例外とされた。

# 第三章　標的を絞るの場

《川秀》の奥座敷では、再会の乾盃をしたあと、グループで年長の野田次郎が峰に尋ねた。

「先生、今度の標的はどんな相手ですか？」

「ああ、今度は坊主が標的でしてね。大変な偽善坊主がいましてね。坊主とは人を善導していくのが務めなのに、金を集めることに躍起となっていてね。しかもだよ、信徒の女性をたぶらかしてできてしまったり、詐欺まがいの方法で寺への供養をさせているんだそうだ。私の友人の何人かがこの寺の檀徒でしてね。顔を合わせると、その生臭坊主の愚痴が出て、なんとか寺から追い出したいのだがという話で……。聞くところによると、この宗派は皆、自分の寺院でなく派遣なのだそうだ。

　私なりに調べたら、やはり大変な生臭坊主で、いつまでもこんな男に支配されていたら、檀徒の皆さんが可哀そうだよ。まず坊主を痛めつけておいて、そして寺からの《追い出し作戦》をやろうと思って計画を立てたんだがね」

それを聞いたメンバーの間では、寺の仕組みのことやら他の坊主の噂話が始まった。若い安田が最近憤慨した一件を話しだした。

「俺は、坊主という人種をまったく信用しなくなりましたよ。この間も、友だちとカラオケスナックで楽しく飲んでいたら、どかどかと坊主たちが背広姿でやってきて、もうどこかで飲んできたらしく、早速マイクを占領してしまってね。お経で鍛えた喉かなんだか知らないが、ガンガンやりやがってね。その態度が大きくて不愉快になってしまって、早々に帰ってきましたよ」

理加も、

「この間、家の近所でお葬式がありましてね、そこのご主人が亡くなったのですが、あとでおばさんが嘆いていましたよ。なんで戒名代がこんなに高いんだろうってね」

と報告する。峰も、戒名代については言いたいことがあった。

「そうなんだ、戒名代は寺や坊主によって値段がまちまちでね。相手を見て値段をつけるようだ。本来、戒名はなくてもいいんだよ。別に法律の決まりがあるわけではないからね。どうしても必要なら、生前自分で作ってもいいし、葬儀の前に家族で考えて作ればいいらしいよ。ところで最近では、葬儀にしても某教団の団体では、『友人葬』という方式で、同宗派の友人たちでお経を唱えて、野辺の送りをしてね、坊主への支出は一銭もなしで大変好評だと聞いているよ」

峰の話が戒名から葬儀のしきたりへと移ると、

「うわぁ……それが一般化したら、坊主あがったりですね」

と理加が奇声をあげる。

「うん、それだから坊主は、本来の職務に気がつかないと、己れの首を絞めることになるだろうね」

「じゃあ……今度は痛めがいがありますね。どこの坊主ですか？」

そこで、峰の説明が始まった。


その寺は、二子玉川園にほど近い、深い森林に囲まれた閑静な一角にある寺院で、日蓮宗系の一派である。現在日蓮宗は四十数派にも分かれており、それぞれ本山と末寺の構成で成り立っているそうだ。

標的の寺は「仏遠寺《ぶつおんじ》」という寺名で、その寺院の所属している宗派は日蓮宗系のなかでも上位に位置する檀徒数を有する宗派で、仏遠寺は、その末寺のなかでも檀徒数で中の上ぐらいにランクされている。

寺の経済運営の仕組みは、一般宗派では冠婚葬祭と、春夏秋の法要行事の供養会の納入だけでは運営できないので、幼稚園の経営とか駐車場の賃貸やマンション運営の収入で賄っているようだが、この宗派は冠婚葬祭と季節の法要行事以外に、毎月数回、寺の行事を設け、檀家はそのつど「卒塔婆供養」をさせられている。

その卒塔婆供養とは、卒塔婆一本につき三千円と決められ、これがこの宗派の最大の収入源となっているという。本来は、この毎月の収入を本山に報告して、総収入の金額に対して、定められた割合の金を本山に上納する仕組みになっているそうだが、どの末寺も収入源の報告を大なり小なり誤魔化しているようだ。

そんななかでも、仏遠寺の誤魔化しは特にひどいようで、目に余るものがあった。


この寺の内情が得られたのは、安田敏雄の学友の野口という男が、《所化《しょけ》》(住み込みの小坊主のこと)として修行に入っているのだが、内情を知るにつけ、このままでは自分は堕落してしまうと悩み、誰かに聞いてもらいたいと安田を介して峰に会って、その実情を話したからだった。峰も友人である同寺院の信徒から相談を持ちかけられた時期でもあったので、その信憑性が得られた。

その寺の内情のひどさは、卒塔婆供養収入の報告の誤魔化しもさることながら、卒塔婆供養の強要のひどさであった。最近では、家族の命日に「〇〇家先祖代々」の一本のみでなく、夫婦両方の先祖は別々にしなさいとか、先祖代々ではなく故人別にしたほうが故人の成仏と供養した本人の功徳が大きいとか、説法をしだした。年配の真面目な信徒は、そのつど数本の供養をしているという。

呆れたことには、かつて飼っていた犬や猫の供養もすべきで、家族同様であったので、命は人間と同じであって……などと時には怪しげな生命論をもちだし、説法をする始末である。

世間一般では、卒塔婆をあげるのは、祥月命日《しょうつきめいにち》か、お盆とか春秋彼岸の時であり、墓石のそばに立てて供養をしているのだが、この宗派では本堂の正面仏壇の両脇に卒塔婆立てのコーナーを設けて、それには木枠で囲いができていて、何十本でも重ねて立てられるようになっている。

前の週の行事の時に申し込んだ卒塔婆を、次の週、立てることになっており、その供養を行なった家族名を、集まった信徒の前で読み上げる方式になっている。したがって卒塔婆板が重なり合っているので、果たして自分の申し込んだのが間違いなく書かれて供養されているのかは、確認ができない。かなり前は、名前を読み上げると、所化がその卒塔婆を抜き取って見せていたのだが、数が多くなったためか、いつの間にかそれも止めてしまったらしい。

さらに、一度使った卒塔婆板を、カンナで削り、再度、卒塔婆供養として使うとは驚きである。仏遠寺では所化の野口たちが裏の作業場で板削りをやらされて、それが小坊主の任務となっている。「なんのために寺に修行に来たのか、カンナ削りばかりがうまくなった」と野口は笑っていた。それも何回も繰り返すので、板の厚みが当初の四分の一ぐらいにまでなる始末だそうだ。

「まったく、一種の詐欺行為ですよ」

野口は憤慨して語っていた。

「まったく坊主丸儲けとは、このことだね」

と峰は同感したが、野口の告発はそれに留まらなかった。

「それからですね……住職の女癖の悪いこと。これはと狙った信徒の女性を、個人指導と称して口説くこともあるようです。女房に知られて大喧嘩になったこともありましたよ。でも、今も女房の目を盗んで、信徒の中の未亡人といい仲になり、妾《めかけ》同然な付き合いをしている始末ですよ」

生臭坊主の悪事はまだあった。

「それとですね、もっと許せないのは、仏遠寺のすぐ裏のほうに千坪ほどの空き地があって、その持ち主が信徒の西村ときさんというお婆さんで、現在身寄りがないのです。それに住職の関本が目をつけて、『墓地として売り出したいので、安く寺に寄付をしろ』と何回も家庭指導の名目で訪問しては口説いた。『寺への供養は大変な功徳があり、成仏は間違いない』と説得して、とうとう市価の三分の一以下で、売ることを納得させてしまったらしいんですよ」

——野口から峰が聞き取った、以上の情報を聞くや、皆も《もう許せない》《この坊主を今度のターゲットに決めよう》ということになったのだった。

峰は野口の話の信憑性を確認するため、西村宅を訪問することに決めるとともに、ときさんと親しい年配の信徒の人からの情報もとることにした。

ときさんの特に親しい女性が見つかり、その人から、どうも土地はもう売ってしまったらしいこと、ときさんが《あの土地を売った代金を介護付きの養老マンションの購入にあてるつもりだったのに、こんな安い金額ではそれもできなくなった》と嘆いていた話を聞くにいたって、《よし、痛めつけて坊主から金を巻き上げて、ときさんに還元してあげなくては……》と、作戦のなかにそれも織り込むことにした。

西村宅の訪問では、最初は口が重くて、なかなか本当のことを聞くことができなかった。

「わしは、何も無理な要求はされなかったよ」

峰は訪問するたびに、関本坊主が、いかに金とり主義であるか、実例を挙げながら根気よく話したところ、西村ときは、ぽつりぽつり今までの経緯を話しだした。

それによると、主な内容は野口からの情報どおりであった。それ以外に「土地売却の値段が高いと、税金が恐ろしくかかってくる」との脅しが、かなり堪《こた》えたようだった。

最終的には、臨終の時の成仏の大切さを経典の生命論を引用して聞かされたのが、ときさんが関本へ土地売却を決心した理由であった。

このあたりは、さすがに坊主である。

関本坊主が引用した生命論は、およそ次のようなものだったらしい。

《生命とは不滅であると、釈迦仏法では説かれている。生死、生死の繰り返しがされる。経典では、『若退若出《にゃくたいにゃくしゅつ》』と説き、生命は三世に亘り、前世、現世、来世と、生命は繰り返して生まれ返る。その時の臨終が成仏か否かで、来世に生まれた時の境涯が決まるとされている。臨終が、成仏して亡くなった時は、必ず幸福な境涯として生まれることができると約束されると説かれている》——と。お婆さんを騙《だま》すのに仏法《ぶっぽう》を悪用すること自体、けしからん坊主である。


「先生、具体的に、どんな方法で痛めつけてやるんですか？」

安田が聞いてきたのをきっかけに、作戦会議となった。

峰の説明によると、坊主攻撃の方法は、次のような段取りで行なうことになった。

「痛めつける方法は、二つの仕掛けを同時に仕掛けて、短期間の攻撃で終わらせる」

その説明によると、一つは関本坊主が西村ときから騙すように取得した土地を、このメンバーで墓地特別販売と称して、市価の二、三〇パーセント安く売り出してしまう。そのために関本一家全員を十日間ほど海外へ行かせる。ただし、多少の土地は残す。それは、関本が気づいて騒ぎだした時の鎮静の役を果たすからだ。

二つめは、信徒からあくどく稼ぎまくって貯めた浄財を絞り取る方法を、ハワイのリゾートマンションを格安だと称して買いつけさせる。だが、そのマンションは、結局取得できない仕組みで、詐欺にあって購入資金は全額消えてしまう結果とする。

最後の仕上げは、この宗派の本山に、卒塔婆供養の誤魔化しの件と詐欺まがいのやり方を投書することによって、本山から留守中に監査が入るだろうから、多分これで関本は住職の職を失うだろう――というものだった。

「以上が生臭坊主への攻撃のすべてです。一つめは西村さんの老後の安定への手助け、二つめは関本が信徒から強引に集めて着服した金を巻き上げて、最後は住職の入れ替えをする――。では、準備すべき内容と順序に対して、各自の担当と、その範囲から用意すべき仕事を説明しよう」

リーダーの峰が、短期間で目的を達成させるには、少しの遺漏があってもならない点を強調して、「作戦を開始したら時間との戦いになるだろう」と話す。

同時に仕掛けをするには、関本一家を少なくとも十日ぐらいの旅行に行かせ、留守にさせる必要があること、その方法として、ハワイへの無料招待旅行の懸賞を出して、この一家に絶対当たる仕掛けを考えてあることを説明する。その担当は市川安夫と梶理加である。

墓地売却の準備は、野田次郎と安田敏雄がそれにあたる。

ただし、両方の仕事で必要な手伝いが生じたら、交互で速やかにそれに応じること。

峰は、これまでにすでに下調査と準備をある程度進めていた。

墓地に関しては、すでに仏遠寺から、農地から墓地用地への転用許可申請が出されており、それもすでに認可が下りていた。峰が現地の状態を見に行ったところ、すでに土木工事が入っており、雑草も取り払われて地ならしもされていた。

これなら墓地の区画の線引きは、一日の作業で充分とみた。

販売会社の用意もしていた。府中の法務局出張所に行き、休眠会社を調べ、それを買収して社名変更の手続きもすでに済ませた。新社名は東《あづま》墓地販売会社としてある。

墓地販売の実行日には、関本一家を留守にさせねばならない。約十日間ぐらい家族全員を遠くへ出かけさせるために、海外旅行招待作戦を練り上げた。

その方法は、峰の友人にこの地域のケーブルテレビ局のディィレクターがいるのを利用することにした。テレビスポット広告の中で懸賞問題を流し、当たった人は抽選で一家をハワイ旅行招待をする企画とした。これは、関本の女房が懸賞の投稿マニアであることを利用したもので、女房が暇さえあればテレビにかじりついていることを知っての作戦である。

「では、それぞれの担当の仕事内容を説明する。質問は説明が終わったあとにしてくれ」

「次郎さんは、土木業者の人工《にんく》の指揮をして、墓地の区画割りの線引きを一日で仕上げさせてほしい。次にリース会社に行って、当日の受付用の仮事務所用のテントの手配と、机、椅子、書類ロッカーなんかの事務機器を選んで、予約をしてください」

「敏さんには、当日の受付社員になってもらう。それと準備してもらうことは、販売場所の案内用の立て看板を十本ほど用意すること。それと墓地区画表示のナンバー札を二百枚用意してほしい」

「安さんは、当日販売案内人となってもらう。一人では無理だから、二、三人の口の堅いアルバイトを用意してくれ。できるだけ君ぐらいの年配で爽《さわ》やかな感じの人間がいいね。それと、関本一家の旅行案内人として、空港での手続きとか、空港の案内の世話を、トラベル社員としてやってもらう」

「はい、判りました。以前ですね、ある旅行会社の添乗員の補佐役を、アルバイトで暫《しばら》くやってたことがありますから、任せてください」

「ほう……それは心強いな。次にリカちゃんは、販売事務所の受付を担当してもらう。それから準備してもらいたいことは、墓地販売の案内チラシの作成、文面は私が作成して渡しますから。それと、クイズ番組のお知らせのチラシ、これは二枚でいい。放送二日前に続けて関本家のポストに直接投函する。また、招待旅行のスケジュール表と招待内容を作成しておくように。旅行内容は、○○旅行会社に予約してあるから聞いてほしい。いいね」

「一応、主な準備と内容はこれですべてですが、何か質問ありますか?」

「いえ、ありません」と一同が同意した。

「生臭坊主退治の成功を願って、乾盃……」

安田が音頭をとると、皆一斉にグラスを空けた。

「ところで先生、墓地を購入した人たちに、あとで迷惑がかかりませんかね。関本が帰ってきて詐欺だと騒ぎだして、購入した墓地の権利は無効だと言い張ったりしても、大丈夫でしょうか？」

皆の心配していることを、野田が代表しての発言であった。

「うん、そこなんだ。そのことは必ず出るだろうと予測しておかねばならないね」

「だから今度の計画で、いちばん検討をしたのがその点で、返却問題の騒ぎが起きても、法的に書類上問題ない手段はとっておいたから安心してくれ」

峰がとった方法は、勿論基本的には詐欺行為であるが、書類上は購入した善意の第三者には法的になんら問題がない方法をとってあった。その手法の細目は真似をする輩が出るとまずいので、明かすのは割愛させてもらう。


そこに《川秀》のママが座敷に入ってきた。

「ごめんなさいよ、脂ののった初鰹が入ったので、今度のお仕事の前祝いに、私からのサービスですから……」

と言葉をかけながら、大皿に鰹の土佐づくりの山盛りにしたものを差し出した。

「やあ、これはありがたい。ご馳走さま。打合せも終ったのでママも一杯、付き合っていってよ」

峰が代表して礼を言って、席を空けると、

「そーお、じゃあお相伴にあずかりますね」

と、どっかりと峰の脇に座り、ぐい吞みになみなみと注がれた酒を一気に空け、

「ああ、おいしい。ところで、ロクさん、あの生臭坊主一家が引っかかったら、痛快ね。皆、喜びますよ」

実はママも《川秀》の客の中に何人か仏遠寺の檀徒がいて、店で顔を合わせると愚痴っているのを耳にしており、峰から今度のターゲットだと聞いて関心をもっていたのだ。

「でも、素直に旅立ちますかね」とママが尋ねると、

「大丈夫ですよ、あの欲張りで見栄っ張りの女房が、一家を仕切っていますからね」と峰は返事をした。


安田が仏遠寺の所化の野口から聞いていた内情と、関本一家の家族のそれぞれの性格を説明しはじめる。

「あの一家は普通の家庭とは大分違うんですよ」

当主の関本道男は、上に弱く下にはすごく強い性格で、気に入らないとすぐ癇癪《かんしゃく》を起こし、所化に手を上げることもあるようで、少しも坊主の修行を積んだとはいえないようだ。

そもそも坊主の職を選んだのは、労働が大嫌いで、会社組織の中で責任を問われるような職場は苦手だからというのだから、あきれたものだ。某宗教大学に入り、宗門への入門の選択は過酷な修行がともなう宗派は避けて、昇格試験と年功で格上げされるシステムの現宗派を選んだのだそうだ。頭は悪くないようだが根本的に怠け者なのだろう……。

この話は、檀徒の家から法要を頼まれ、法事の終わったあとの振舞い酒に上機嫌になった時、自分が坊主稼業を選んだ経緯を得意げに話していたのを、同行した所化の野口が聞いていたもので、本人の口から語られたのだから事実だろう。

女房の政子は、亭主に輪をかけた欲望の塊といってもよい人間で、欲しいものは手に入れなければ気が済まないし、また檀徒にまでちょっかいを出している。自分の取り巻きの婦人たちに、卒塔婆供養の少ない人たちの嫌味を遠まわしで話し、本人に伝わるように仕向ける姑息な手を使うので、信徒たちから敬遠されているとのこと。また、テレビ大好き人間で、暇さえあればテレビに張りついて、トイレに立つ以外は離れないというのだ。特に懸賞番組は逃さず、その画面をインスタントカメラで撮って、投稿する徹底ぶりとか。

長女の由理子は短大の二年生で、ボーイフレンドが二、三人いて、それを上手に操っているそうだ。懐が淋しくなると、夜の行事の受付を手伝うからと小坊主を追いやって供養金を上手にくすねては、遊びの金とブランド製品購入の代金にあてている。

長男の義彦は今年の大学受験に失敗して、目下一浪中である。父親に似て頭はいいほうなのが自惚れのもとで、勤勉でないのが落ちた原因らしい。

性格は飽きっぽくて遊びが好きで、最近覚えた麻雀に現《うつつ》を抜かしている。麻雀仲間は、不良大学生の遊び人たちで、いいカモにされているのに本人は気がつかず、賭け金に困るとこれも供養金をちょろまかしては親に見つかり、親子喧嘩の絶え間ないのが信徒間にも噂として広がりだしている。

——以上が安田が野口より得た関本一家の内情であった。


「これでは、この寺の檀徒が気の毒でしょうがないね。予定どおりに仕掛けを成功させて痛めつけてから、本山に状態を通報して、質の良い住職と交替を願うことにするから」

「これで仕事のしがいが出ましたね」

理加が嬉しそうにグラスを持ち上げて、改めて「乾盃」と皆に呼びかけ、

「さあ、あとはゆっくり飲み、食べて、明日から頑張ってください。ママ、おいしいものをどんどん出してください」

「はいはい。そうだわ、今朝掘りたての新鮮な筍を近所の農家から届けてもらったんですよ。持ってくるわね」

ママは、半月に切って清汁《だし》に漬けサッと焼いた筍と、短冊に切った筍を木の芽味噌で和えた料理を、小皿に数皿に分けて持ってきてくれた。

早速箸をつけ、ひと口食べた安田が、

「うめぇなー、こんな風な筍は初めて食べましたよ」

「そりゃ、そうだよ。筍はね、朝のうちに地上に頭が出ないようなのを掘りだすと、酸化されていないから、えぐくなくって、刺し身でもおいしく食べられるんだよ」

峰の化学的説明で、皆「ふーん」と感心して一斉に箸を出す。

このように何げなく的確な説明をするところが、峰の信頼を高めていくようだ。それから一時間半ほどで密談は終了し、峰だけが勘定を済ますために残った。


「ねぇー、ロクさん。カウンターでゆっくり飲みなおしません？」

ママは二人きりの時は峰を愛称で呼ぶのが、いつの間にかの習慣になっていた。

時間は十一時を少し過ぎた頃で、いつもならまだ二、三人の客が残っているのだが、今夜はほかの客は早目に引き上げていた。

「今、暖簾《のれん》を取りこんできますから、そこで飲んでいてくださいね」

とママは片づけにかかり、照明もカウンターの上を除き、外《ほか》を消してしまう。

「やれやれ、今日も一日終わりましたね」

言いながらワインの瓶を脇に抱え、ワイングラス二個を手に持ち、峰の脇に座りながら秀子が説明する。

「このワインはね、お友だちの陽子さんが先日ヨーロッパ旅行から帰ってきて、お土産にと持ってきたの。特別なグレードで、日本には入っていないそうよ」

「そんな貴重なもの、こんな時に開けては、もったいないのでは？」

「まあ、いいじゃないの。こんな二人きりの時だから開けたいのよ。それに今日は、ロクさんたちの今年の初仕事のお祝いも兼ねてね。ところで、ロクさん。今度のお仕事での準備資金は大丈夫なの？」

「ああ、今度の仕事の準備には、前の仕事での予備資金が充分ありますから。不足をするようでしたら、その時は頼みにあがりますから」

初めて仕掛けの仕事に取り組んだ時、どうしても資金が足りそうもないので、遠まわしに飲みながらママに相談をもちかけたところ、

（あら、遠慮なく話してみてよ、お仕事が終われば返してもらえるんでしょ？）（勿論ですよ、お礼もします）

と少しの躊躇もなく、すんなり一千万円を融資してもらった前例がある。

「ところで、墓地の売り上げの中から、ある程度のお金は安く土地を盗られたときさんに入れてあげるんでしょ？」

「勿論、通常の価格で売ったぐらいにはして渡せると思いますよ。これだと裏金だから、税金もかかりませんよ」

「それはよかった。ときさんには話してあるんでしょ？」

「いや、これはあくまでも仕事が終わるまでは内密にしておきたいので、ママもそのつもりでね」

「わかってますよ。さあ呑んで、呑んで……」


峰はゆっくりワインを味わいながら、秀子がワインを飲み干すのを待って言った。

「ところでママ、この仕事が終わったら温泉でも行きましょうか？」

「またまた、喜ばせておいて、いつも立ち消えになってしまうんだから」

「いや、今までは日程のタイミングがお互いに合わなくって尻切れトンボになってしまったんだけど、今度はママの都合に合わせますから、大丈夫」

「本当……？　私のことは騙さないでね。なんだか、身体が熱くなってきちゃったわ」

と言うと秀子はパッと身体の向きを変えて峰の首に手を巻きつけて、唇を重ねてきた。

峰はびっくりした目でママの顔を見てから、そっと手で彼女の顔を挟み、いったんゆっくり離してから、静かに口づけに入っていった。

舌をそっと割り込ませ絡ませていきながら、だんだん強く吸い出すようにした。三分ぐらいは経っただろうか（実際は、かなり長い時間に思えた）、秀子は息を荒くしだし、峰の首に巻きつけた両腕をかなり強く締めつけてくる。

「ロクさん、奥の座敷に行きましょうよ」

「ママ、それは次にしましょう」

峰はやんわり断った。

「またぁ……。貴方は罪な人なんだから、もう。その気にさせて逃げるなんて……。こんなこと十年振りなので、キッスでイキそうよ」

今度は最初から強く舌を絡ませて、激しく吸いながら、峰は秀子の着物の裾を分けて素早く中に右手をもぐりこませた。

秀子の肌は潤いがあって、なめらかな腿だ。秘境に近づくにしたがい、愛液が手に触れる。かなり濡れているようだ。いったん顔を離し、「はずかしいわ」（多分、多く濡れているからだろう）と言うのを無視して、峰は手を下からすくい上げるようにして秀子のそこ全体にあてがってみた。ふっくらとした丸みが若い人並みなので（長い間、男に触れさせていないのは、ほんとかも）（出来心だったのが本物になりそうだな）と感じた。秘毛に触れるとかなり少なめで軟らかいので、峰は安心する。秘毛が濃く硬いのは苦手で、冷めてしまう性格なのだ。

敏感な部分のベールをそっと剝ぎ、撫でまわすと、ママは（うう……）と声を出して腰を前に突き出してくる。

これで、大分手の動きが楽になったので、中指と人差し指二本を並べて谷間に分け入り、上から下へ、下から敏感な頭の部分へと愛撫を繰り返しはじめる。秀子は唇を離して峰の肩へもたせ、両手で背を摑んでいる。

だんだん鼻息が荒くなりだし、腰を小刻みに揺すりだしてきた。（もう少しかな）

指を上下から蜜壺の中へと三段方式にスピードを上げていくと、股にぐっと力が加わって、いちだんと鼻息を荒くし、数分後（ううッ……）と言って硬直してから、ぐったりとなった。

しばらく余韻に浸っていた秀子は、やがて峰に甘えるようにポツリと囁いた。

「ああ……恥ずかしい。私だけよくなって、ごめんなさい。こんなこと、ほんとに久し振りよ」

# 第四章　憧れのハワイの場

関本一家を留守にさせるための作戦であるクイズの応募の放映を早く流さなくてはならない。その準備には理加が取り組んでいる。すでにクイズ番組のチラシは投函させてある。

峰の計画では、ハワイへの出発日は五月連休明けの十日頃と決めて、逆算して放映日を定めた。仕掛けの詰めを整理して、その順序を挙げてみた。

一、クイズ番組の放映の手配について、ケーブルテレビ局と広告代理店との打ち合わせは峰が担当する。

一、クイズ解答ハガキの投稿受付用の私書箱の設置手配を安田が担当する。

一、ハワイのリゾートマンションを売り出し、購入申し込みを受け付ける作戦は、峰が近々ハワイに飛んで、その道の業者と交渉を行なう。

一、仏遠寺と墓地売り出しを委託されたという販売会社との架空の契約書の作成、仏遠寺側の捺印は、旅行招待の決定した時に、旅行契約書類に捺印の際、うまく捺印をさせてしまう作戦とした。これは市川が担当する。

一、墓地売り出し区画数は、二百枚とする。売り出し価格は七十万円と決定。これで完売すれば一億円以上の収入となる。その半分は、元の地主の西村ときに還元する（墓地価格は都心に近いこの付近にしては相場の七掛けぐらいなので、完売は間違いないとみている）。

一、墓地売り出しの案内状は、あらかじめアンケートをとり、その結果で案内状の発送をする。

一、アンケート調査は所化の野口から入手した檀徒名簿の写しを利用して理加が担当し、直接電話で墓地の有無を確認しておく。

一、買いやすいように、ローン会社と契約を取り交わしておく。

日程は次のように決定。案内状は五月七日に発送。区画工事は、五月九日の一日で完工。

(関本一家は、十日の早朝のフライトになるので、早めに成田付近のホテルに前泊させ、出発させてしまう予定)

墓地の売り出しは五月十日から十八日の九日間の期間とし、十九日にすべて片づけること。

旅行代理業者との打ち合わせは、安田が以前アルバイトをしていたところと決め、安田が担当し、関本家族の面倒見役とする。

――そして、万事が計画どおりに進んでいった。

その頃関本家では、娘の由理子が興奮して、

「おかあさん、当選したわよ！　家族全員で九日間のハワイ旅行ご招待よ!!」

郵便受けから他の郵便物と一緒に当選通知のハガキを表面に乗せて、居間へ駆け上がってきたところだった。

「ええっ……？　ほんとに？　どれどれ」

「成田に前日一泊して、翌日早くのフライトですって」

「早速、家族のパスポートを送らなくちゃね」

「明後日《あさって》、旅行代理業者が打ち合わせに来るんですって、そのとき渡せばいいのよ」

「由理子、住職に知らせてきなさい」

「はい。そしたら、午後から買い物に出ましょうよ」

どうしようもない舞い上がりようだ。一家四人で九日間のハワイへの無料招待なんて、それこそ生涯もう二度と巡ってこない幸運だろうから無理もないのだが……。

一方、梶理加が担当したアンケート調査の結果は、墓地を持っていないか、もしくは購入したい家は、百七十世帯との確認をとることができた。

ひと足先にハワイへ飛んだ峰は、日本の某商社のハワイ支店を訪問していた。そこには、大

学時代からの親友である古賀一彦が支店長となって勤務している。

そこはオアフ島のアラワイ運河に近いエナ・ロードに面したオフィスビルで、三十五階建ての一階のショッピングフロアーを除き、各テナントはすべて外国の商事会社が占めている。古賀の会社は十階から十二階の三フロアーを借りていた。

主な商《あきな》いは、果物の日本への輸出業務と弱電製品の各国への仲介業務である。社員は日本人が三名で、あとは外国人五十名ぐらいが働いていた。

古賀はハワイ赴任となってすでに四年目に入っているので、現地の事情に精通しており、今回の作戦の重要なオブザーバーになると、峰は見込んでいた。

先にアポイントを取っていたので、いかにも待ち焦がれていて、峰が支店長室に入っていくと、古賀は、

「遅かったじゃないか」

と出迎えた。

「野暮用が入ってね、一便遅らせて発ったから……」

古賀はすぐに席を立ち、

「ここでは雑音が入るから、場所を変えよう」

と言いながら峰を促し、傍《そば》の秘書室にひと声かけた。

「地下の『松嶋』にいるから、急用以外は連絡をしないで」

峰もちょいと顔を入れて見ると、ハーフ風な、なかなか美人のブロンドで長髪の女性が、にっこりとお辞儀をして、

「いらっしゃいませ」

と癖のない日本語での挨拶をしたので、へどもどしながら、

「は、いや……お世話になります」

あまりそぐわない挨拶をしているのを見て、古賀がニヤニヤしながら「さあ、下に行こう」と促して、エレベーターに向かって先に歩きだした。


そのビルの地下一階と二階が飲食店街となっており、中華、フランス、日本、イタリア、インドなど数十カ国の店が営業している。古賀は、地下一階の和風料理店『松嶋』に峰を連れて入っていった。

「ごめん、ちょっと早いようだが、いいね?」

奥から店長らしい日本人の男が出てきて、

「奥の座敷へどうぞ」

と馴染みらしい古賀の顔を見て勧めた。

「最初、飲み物だけ頼みます。話がちょっとかかりますから、料理はおまかせで、ゆっくりでいいですよ」

通された座敷は半間の床の間付きの四畳半で、中に入ってしまうと（新橋あたりの料理屋にいるような錯覚をしてしまいそうだな）と峰は思った。

「さあ、まずは一杯、乾盃といこう。本当に久し振りだな」

「そうだね、君の転任送別会以来だね」

「美味い酒だろう。ここのオーナーが秋田県の田代町というところの出身でね、限定品を直送させているんだ。だけど、だれにでも出すわけじゃないよ。特定の客だけに出すんだ」

「うん、美味い。実はこれと同じ銘柄を、東京で行きつけの居酒屋でお客が持参してきたのを飲んできたばかりだ。偶然だな。これは幸先《さいさき》がいいかな」

「ところで、今回の来島の用事はどんな……？」

尋ねる古賀に、峰は今回の仕掛けのあらすじを説明した。古賀にはあらかじめ、峰がやっている裏の仕事のことは打ち明けてあった。

「それは面白そうだな。で、俺に何を協力しろと言うのだ？」

「二人の人間を紹介してほしい。一人は女性で坊主を誘惑して一度は寝るぐらいのことができる、アッケラカンとした女がいい。金髪であることが条件なんだが……。もう一人は不動産業者かまたは不動産ブローカーで、詐欺を承知でこちらの計画を受けてくれる人間を紹介してほしいんだが……。難しいかな」

峰はセクハラと不動産詐欺の二股の仕掛を試みる心算のようだ。

「なーに、アメリカではその辺にふさわしい人間がゴロゴロいるから、まかしとけ」

古賀は全面的に協力してくれそうで、峰は心強い。

「女の子のほうが条件があるから、少し難しいかな。これはと思う女《こ》がいるから、今夜会わせよう。しかし、条件をのんで引き受けるかどうかは、あたってみないとわからないからな。ところで、何日頃、帰国する予定なんだね？」

「いろいろとやることがあるので、三、四日後に発ちたいと思っている」

「それは、おっそろしく忙しいんだな。日本人は相変わらず忙しく立ち回るが、こちらのビジネスではそれは嫌われるぞ」

「今回は仕方がないんだ。帰るまでにはぜひ、選んでくれた人たちに会っていきたいから、よろしく頼むよ」

「わかった。ほかならぬ峰の頼みだ、できるだけのことはさせてもらうよ。ところで、泊まりはどこに予約した？」

「今度の一家を泊める予定にしているので、その下見も兼ねてシェラトン・ワイキキホテルにしてある」

「ああ、あそこはいいよ。日本語が通じるし、ホテルからの眺めも最高だよ。うちの社もよく使うんだ」

それから二時間ほど飲み食いしながら、四方山《よもやま》の話に花が咲いた。

「ではあとで、ホテルに迎えに行くから、シャワーで汗でも流しておけよ。お前の希望している女のいる店に行くから」

「それはありがたい。では九時だね」

峰は八時ごろ『松嶋』を出て古賀にホテルまで送ってもらい、チェックインを済ませ、夜の外出への準備を整えた。


峰が下へ降りていくと、九時ピッタリに古賀がシェラトンのロビーに入ってきた。

「さあ、行こうか。これから案内するナイトクラブは島内でもハイクラスの部類に入る店でね、そこに君に紹介しようと思っている彼女が働いているんだ」

峰が案内されたナイトクラブは、カイオルストリートにあるホテルの最上階にあった。重厚な扉に《オハナ・マウイ・クラブ》と英文字が表記されてあった。扉を開け、身体を中に入れるやいなや、

「ハーイ、古賀さん、いらっしゃい……」

日本語で呼びかけながら、ボーイが飛ぶようにして二人を迎えた。

クラブ内はほどよい暗さで、鉤型《かぎがた》の高いカウンターの向かい合わせに十脚ほどのテーブルとソファーがセットされて並べられた、中規模の店であった。

峰は（なかなかしっとりした雰囲気だな）（ここは銀座の和美の店に似ているな。すぐ馴染

めそうだ）と思った。

「あら、古賀ちゃん、めずらしい」

ママらしい女性が着物姿で、にっこりしながら近づいてきた。その風情に峰は（本当に銀座にいるようだ）と感心してしまった。そこで古賀が店のことを紹介してくれた。

「この店では客筋の半分は日本の客でね。オーナーはアメリカ人だけど、ママには代々日本人を使っているんだよ。ホステスの女性はいろいろな外国女性だけどね」

そこに「コガチャン、イラッシャイ」とたどたどしい日本語で挨拶しながら、奥から立ってきた金髪の女性を見て、（ははーん、この女が紹介すると話していたホステスだな）と峰は、ひと目見て満足した。

そのブロンド娘は、古賀と峰の間に腰掛けながら、

「コチラ、ショウカイネ」「ワタシ、ナンシー。ヨロシクネ」と自己紹介した。

「彼とはね、大学時代からのポン友でね、峰というのだが、《ロクさん》と呼べばいいよ。だけど、誘惑しようとしても、駄目だよ。彼は女性は日本人いヽっヽぺヽんヽとうだから」

「イペントウ、ナニ？」

「それはね、外国の女性に興味を持たない男だから、モーションかけても無駄だってことだよ」

「ヨーシ、ガンバルヨ」

　ナンシーを間に挟み、それから一時間ほど雑談しながら三人で飲んでいたが、峰はそこでは用件を切り出せないと思い、古賀に「外へ食事に連れ出せるかな」と小声で聞くと、

「ああ、それはできるよ。近所に手ごろな寿司屋があるから、そこに行こう」

「ナンシー、ママを呼んできてよ」

「モウ……カエッテシマウ？」

「いや、君を食事に連れ出すんだよ」

「ステキ、ウレシ……ヨンデクルヨ」

　ママの許しを得て、三人はそのクラブから歩いて八分くらいのところのホテルの地下にある《鮨忠》という店に入っていき、

「マスター、小部屋空いてるかね」

　と古賀が声をかけた。

「いらっしゃい。突き当たりが空いてますよ」

「おまかせで三人前と、お酒を頼みます」

　峰をテーブルの中央に座らせ、左右に古賀とナンシーが席に就く。

「実はナンシーに頼みがあって、外へ連れ出したんだよ」

　古賀が切り出し、峰を促す。

「貴女にお願いすることをこれから話しますから、嫌だったら断っていいですよ」

「ハイ」

ナンシーは畏《かしこ》まり、峰の目を見つめるところは、まだあどけなさが残っているが、年齢は二十四歳になっているという。

峰が関本坊主についての作戦のあらましを説明し、目的は誘惑しながらうまく逃れて、セクハラに持っていければ一番いいのだが、一度は寝る覚悟をしてね、と話すと、

「ウワー……オモシロイネ。アシニヨリカケテ、ガンバルヨ」

という反応が返ってきた。

「ナンシー、それは、腕によりをかけるというんだよ」

「ドウシテ？　ネルンダカラ、アシダヨ」

というので、三人で大笑いとなる。そこへ、

「お待ちどうさま」

寿司と酒が運ばれて、それぞれの前に並べられた。

「では、ごゆっくり」

と仲居が出ていくと、古賀が、

「さあさ、腹が減ったろう。この店のネタはなかなか新鮮でね。ここの島で揃えられない魚は、毎日日本から直送させているそうだ」

勧められて箸をつけた峰は、

「うん、これは美味い。ナンシーさん、坊主は寿司が大好き人間だから、ここに案内するといいよ」

と作戦の話に移っていった。


今回、関本を宿泊させるホテルは古賀の会社もよく利用するらしいので、彼が顔のきくボーイに、関本をナンシーの働いている店に案内する手配を、まず古賀に依頼した。そのタイミングは、関本が来てから三日ほどしてハワイに慣れ、夜をもてあましだした頃に案内させることにした。ナンシーには関本が来たら、「坊主から遠慮なくお小遣いをねだりなさい」と教える。

好色な関本が金髪の外人娘を体験したがっていることは調査済みなので、ナンシーが気のある素振りを見せれば、途端に引っかかり、おそらく毎晩通ってくるだろうから、今にも落ちそうな風情で焦らし作戦を取れば、しまいには強引な手に出ることが予測される。最後の夜あたりにホテルに連れ込まれるだろうから、そこでセクハラに持っていって奴を陥れられれば一番いいのだが……と説明する。

そこまで話すと、峰はナンシーに「今回の件のお礼なんだが……」と、先渡しで三千ドルを手渡した。

「コンナニ、イインデスカ？」

目を丸くしているナンシーに古賀が告げる。

「貰っておきなさい。峰はうんと稼ぐのだから、遠慮することはないよ」

「ソレデ、ロクサンハ、イツカエルノ？」

「今回は、あまりゆっくりできなくてね。三、四日後にはハワイを発つ予定なんだ」

「ハヤイネ。ダケド、ヒトツ、ジョウケンガアルノ」

「遠慮なく言ってみな」

ナンシーはちょっと言いよどみながら、思い切ったように言った。

「ロクサンニ、イチド、アイシテモライタイ」

どうやら最初から峰に好感を抱いたようだった。

「え？　うん……それはまいったな」

峰が戸惑っていると、古賀が、

「峰よ、抱いてあげなよ。この女《ひと》にはアメリカ人特有の体臭はないから」

「え、ええっ？　お前はナンシーとお手合わせ済みなのかよ？」

「いや……赴任した最初の頃、単身だったからね。いろいろ情報も得たかったし、二、三回だよ。なー、ナンシー。（ナンシーに相槌をさせる）それからすぐ家族が来たので、外ではずっと清廉潔白だよ」

ナンシーはアメリカ人女性にしては小柄なほうで、百六十センチを少し出たぐらいの背丈で、肌の色は透き通るように白く、外国人女性によくあるザラつき肌ではないようだ。

今夜はノースリーブのムームーのような花柄のブラウスを着ているので、ウエストのくびれはわからないが、バストとヒップはしっかり張り出している。裸になったら、さぞ素晴らしいプロポーションだろうと峰は想像してみた。髪は完全な金髪で、鼻筋はすっきり通っていて、鼻の頭が少しツンと上に向いているところは愛嬌があり、目は多少ブロンドがかったブルーで、まず十人並み以上の容貌である。

「この女《こ》はね、誰にでも抱かれるようなことはしてないよ、お前のことはよっぽど気に入ったんだよ」と古賀がニヤニヤして言う。

峰の、アメリカ人には見られない爽やかな風貌を、ナンシーは魅力と感じたらしい。

「では、明日の予定があるから、お開きにしよう。明日はお店に行って、最後まで付き合うね」と峰が言うと、ナンシーが尋ねた。

「ソノアト、ドウナルノ」

「その時の雰囲気のままにだね」

「ナンダカ、ワカラナイヨ……」

と不安そうな彼女に励ますように、

「日本人は雰囲気を大切にする人種でね、断るのであれば、はっきりそう言うよ。こいつは大丈夫だよ」

と古賀が言った。

時刻も零時を大分回ったので、その夜はタクシーを呼んでもらい、ナンシー、峰の順で古賀に送ってもらった。


翌朝十時に、また古賀がホテルのロビーへ来て、峰の部屋に電話を入れた。

「おはよう、よく眠れたか？　朝食は済んだかな」

「おお、いま下に行くよ。出かける用意はできていて、待っていたんだ」

ロビーの片隅のコーヒーショップで向かい合いに座り、飲み物を注文してから、古賀が切り出した。

「実はあれから、君が計画した仕掛けのことを検討したんだが、リゾートマンションを買わせるという不動産がらみの騙《だま》しは止めたほうがいいんじゃないかと、だんだん思うようになってね。それで今朝、友人の不動産関係の仕事をしている男に電話で話してみたら、あとでのゴタゴタが長引く可能性があり、国際がらみの面倒なことになるだろうとの意見だったよ」

峰もそこは不安だったところだ。

「やはり、セクハラ一本か」

「ナンシーとの擬似恋愛を利用して、それをセクハラ問題を引き起こすように持っていき、慰謝料でふんだくれば、あとくされがないだろう。それに破廉恥問題だから、関本も事を荒だてることはしないはずだし、アメリカではセクハラの慰謝料は日本と違い格段に多額の請求となるからね。セクハラだけでも奴から相当額を取り上げることができるはずだよ。これから、その方面に詳しい弁護士を君に紹介しようと思うが、どうだろう」

古賀の言うとおりに思えて、峰も賛成した。

「そうか、確かに言われてみれば、切りよく終わらせるには、その方法がいいな。事が事だし、奴は一応聖職者だから、早く片づけようとするかもな。家族はバラバラになるし、今度の目的にはこの作戦が合っているようだな」

相談がまとまり、「じゃあ……、出かけるか」と二人は席を立った。


まもなく古賀が峰をともなって案内してきたのがジョン高田法律事務所だった。ジョン高田は日系三世で国際弁護士のライセンスを持っており、スタッフも五人ぐらい使っている。なかなか流行っている事務所だ。

「やあ……ジョン。ちょっと厄介なことで相談したくて、友人を連れてきたので、話を聞いてやってよ」

「あ、そう。まあまあ……こちらへどうぞ」

奥の応接室に案内される。通常の相談室は、事務所の側面に二部屋あって、そこで面談をしている。通された部屋は所長室兼応接室になっていて、かなりのスペースをとっており、重厚な書棚がぎっしり並べられている。

ジョン高田はインターホンでコーヒーを言いつけると、二人の前に座って言った。

「では、ご用件を聞かせてください」

「私は峰禄三郎と申します。日本でコンサルタント業をしています。それにしても、ジョンさんは日本語が上手ですね」

「アメリカはいろいろな国の人種の集合国ですからね、それに国際弁護士の看板を掲げていると最低六カ国の言葉が話せなくては勤まりませんから……」

峰は相談に来た目的を話しだす。峰たちが陥れようとしている住職が、いかに悪徳坊主か、宗教を金儲けの道具ぐらいにしか考えていないという点を説明し、懲らしめて寺から追い出し、まともな住職に来てもらう計画であると告げた。

その方法は、ハワイのアメリカ女性の色仕掛けで、セクハラ事件を起こさせ、慰謝料でできるだけ大金を巻き上げてしまおうというものであること。相手は一応聖職者だから、早く示談処理に持っていこうとするだろうから、その処理のお願いにあがったのだと話す。

興味深そうに耳を傾けていたジョン高田は、

「まず、ケリは早くつくでしょう。金銭処理が終わらないと帰国できませんからね。場合によっては坊主に『逮捕となり、入牢だ』と脅せば、まず即決間違いないな。先週も、日本人も含む外国人が、こちらの女性の親切を勘違いしてね、セクハラ事件となり、即決示談で処理されたことがありましたよ」

　とハワイの法律事情を説明してから、

「だけど、峰さんは面白いことを考えたものですね」

　と感心したように言った。

「はあ、自慢できることではないんですが、世の中には法の裏をかいくぐって人を泣かせている輩がおりますからね。誰かが懲らしめてやらねばと思いましてね。悪い奴らが懲らしめられた噂が出れば、ほかの脛に傷もつ連中も自粛するでしょうよ」

「ははあ、《世直し組》ですか。正義の犯罪だね。裏の裁判というか……あってもいいかもね。わかりました。わたしも協力しましょう」

「ははは……峰は誉められたのか、叱られているのか……」


　古賀は相談ごとがうまくまとまったので、ほっとしたようで、くつろいだ声で言った。

「ジョン、今日このあと急ぎの仕事が詰まっていなければ、久し振りに食事に行かないか」

　と誘った。

「ああ、いいだろう。野暮用が少しあるが、明日でも済むから」

　三人連れ立って応接兼社長室を出て行くと、受付の女性がジョンの側に寄ってきて、

「先生、先ほどから例の離婚訴訟の件で相談者を第一応接室に待たせているのですが……」

小声で英語で囁いているのを峰も耳にして（峰も日常会話程度は充分にできる）、こちらも、

「きょうのところは遠慮しようよ」と古賀に囁くと、

「いや、遠慮する必要はないですよ。気さくな人だから、一緒に食事に連れていきましょうよ」

とジョン高田が言った。

「エエッ？　そんなことができるのかよ」

二人が恐縮しているとジョン高田はつかつかと応接室に向かい扉を開けて、「貴男《あなた》たちを紹介するから、こちらへどうぞ」と促し、中にいた女性に、

「やあ、お待たせしたようですね。私の友人たちで、これから食事に行くところですけど、一緒にいかが？」

と英語で誘っている。びっくりした古賀と峰が顔を見合わせていると、

「エッ、ほんとうなの？　今日は最高の日みたい、サンキュウ」

と、まったく悩みを相談に来た女とは思えないはしゃぎようだ。見たところ三十歳は少し出ているようだが、髪はブロンドで、目は黒目であるが容貌はハーフそのもので、熟女の魅力を発散している。

「こちら、ハワイで商社の支店長をしている古賀さんと、そのお友だちで日本から仕事で来ている峰さん。今、話が終わったところだから……」

とジョン高田が紹介すると、

「ハーイ、マイ・ネーム・イズ・キャサリン。お会いできてうれしいです。こんなステキな人たちとデートできるなんて、なんて幸運な日かしら」

日本語でしゃべりながら、手を差し出してきた。

「あれ、日本語が話せるんだ」

古賀がジョンに聞くと、

「そう、彼女はね、結婚前は日系の商社の受付をやっていたからね」

「道理で達者な日本語なんだな」

古賀と峰が彼女と握手を交わしたあと、「じゃ、楽しくいきましょうか」と四人で出かけることになった。


ジョン高田の乗用車が事務所の前に横づけされた。リンカーンの新車である。

「すごい車ですね」

「これも信用づけの一つでね」

「さて、どこにしましょうか？」とジョンに問われ、

「今日は私の知り合いの店に行きましょうか」

峰が口を開くと、古賀が驚いた顔をした。

「えっ？　峰はハワイにあまり来ていないんじゃないの」

「いえね、私も初めて行く店なんだが、母方の伯父がこちらで数年前に天麩羅《てんぷら》専門店を出したので、一度顔を出さなくてはと思っていたところでしてね」

皆、天麩羅には異議がなく、昼食は峰の伯父の店と決定し、四人はリンカーンで移動した。

店はハワイでも上位にランクされるホテルの中にあった。高速エレベーターの四十階で四人が降りると、すぐ目の前がその天麩羅店で、《江戸天》の大きな提灯が下がっている格子戸が目に入った。


「ああ、ここだ、どうぞ」

峰が先に二重格子戸を開けて中に皆を誘い込む。入ったところがカウンター席になっていて、カウンターの中では、二人の料理人が天麩羅を揚げているところであった。

「へーい、いらっしゃい」

威勢のいい声に迎えられ、

「峰と申しますが、伯父はいますか？」

と声をかけると、その声を聞きつけて奥から、その伯父が相好を崩して出てきた。

「ロクちゃんか!?　よく来たね。お客さんと一緒なのか。奥の座敷で空いているところへ、入ってなさい」

「久し振りです。おいしいやつお願いしますね」

皆を振り返り、座敷へ案内する。店内は玉砂利を敷き詰めた通路になっていて、通路の両側に和室の小部屋が並んでおり、柄入りの和紙を張った障子でたてまわし、しっとりとした雰囲気を醸している。部屋の中は半間の床の間に山水画の掛け軸が掛けてあり、その前に盛り花を置き、華やかさを演出している。

床の間の対面にコの字形のカウンターが設けられ、その中に天麩羅を揚げる設備がしつらえられている。客の食べるタイミングを見計らって、目の前の食材から客の注文するタネを素早く揚げるシステムとなっているようだ。一グループに一人の料理人が専属で対応してくれるのだった。

四人はしばらく食べることに熱中した。

「天麩羅をこんなに美味く食べたのは、初めてですよ」

ジョンは大喜びだ。次々と目の前の食材から注文して、健啖なところを見せた。キャサリンもなかなかの大食漢で、よく飲み、よく食べている。

古賀と峰は彼女と離れている席なので、峰は古賀に小声で、ナンシーより適役のような気がするので、彼女を今度のセクハラ作戦の主役に頼めないかと相談してみる。

「古賀がデートに誘って、頼んでみては？　お前に気がありそうな目をしていたぞ」

「乗ってくるかな……」

「さばけているようだから、ジョンさんに聞いてみたら」

峰はジョンの脇腹をつついて、顔を寄せながら尋ねてみた。

「彼女に今度のセクハラ作戦に協力してもらうことができないかな」

「うん、大丈夫かもしれない。あれで結構、浮気もしてきたようだから、貴男《あんた》から頼んでみたら?」

そこへ、キャサリンのほうから口をはさんできた。

「何を話しているの? 私にも聞かせてよ」

食事もひと通り終わったので料理人が片づけだし、お茶が出され、「ごゆっくり」と席を外したので、ジョン高田が話してくれた。峰の持ち込んできた用件を説明し、乗ってみてはと誘ってみると、

「面白そう。ハズとはもう離婚と決めたんだから、やってみようかしら」

と、軽く応じてくれた。

「やっていただけますか? ありがたい」と峰が喜ぶと、

「でも古賀さんがデートをしてくれましたらね」

と、ずいぶんはっきりしている。日本の女性ではこうはいかないだろう。

「さあ、そうと決まったら、席を変えよう。峰、ご馳走さま。今度から、この店を会社の接待に使わせてもらうよ」

と古賀が立ち上がろうとするところに、峰の伯父が挨拶に入ってきた。

「どうですか？　満足されましたでしょうか」

「いや……おいしくいただきました。大変満足でしたよ。今度、うちの会社でも使わせてもらいます」

古賀とジョン高田が名刺を差しだし渡すと、伯父は頭を下げた。

「それは、それは……。今後ともよろしく」

峰が「伯父さん、勘定をしてください」と言うと、

「いいよ、今夜の分は私の奢《おご》りで……。いいお客さんを紹介してくれたからな」

伯父は代金を受け取りそうもないので、

「ありがとう、ではゴチになります」

と素直に甘えることにして、店をあとにした。


四人は呼んでもらったタクシーに乗りナンシーの居る店の方向に向けてもらい、古賀がジョン高田に、

「私が馴染みの店に行こうと思うのだが、彼女を自宅に送ってからのほうがいいだろうね」

と聞くと、すかさずキャサリンが言った。

「私は今、一人ですから、時間は自由なの。ぜひ、お伴させてくださいな。そこはサパークラ

ブなの？」

「普通のナイトクラブで、いい店だよ」

古賀が説明してから、運転手にクラブの名とホテル名を指示して、四人一緒に《オハナ・マウイ・クラブ》へ向かった。


四人が店に入ると、いち早くナンシーが古賀たちを見つけ、目ざとく走りよってきた。

「ウワ……ウレシイデス、イラッシャイ」

ナンシーの案内で一番奥の大きなソファーの席に就いた。

「コチラ、ドナタ？　ショウカイシテ」

「この方は弁護士のジョン高田さん。こっちの女性は峰の彼女でキャサリンさんだよ」

「エッ……ウソデショ？」

古賀が真面目な顔をして紹介したものだから、ナンシーは目をむき出しそうにしている。それを見て峰がすぐ、ナンシーに向かって訂正した。

「古賀よ、冗談はよせよ。キャサリンはね、古賀の彼女なの」

「アア……ヨカッタ」

「峰さんはハワイに来た早々でお安くないですね。国際的プレイボーイ、恐れ入りました」とジョン高田に茶化される。

席順は奥の端に古賀、隣にキャサリン、次にジョン高田、その隣は店の女性が間に入って峰が座り、その隣にナンシーの順となっている。

飲みながら自然に話題は日本の話になり、彼女たちは一、二度は観光で日本に遊びに来ているようだ。さかんに、日本の夜の世界の実態を知りたがっている。日本で働きながら四季の変化を楽しみたいという願望があるようだった。

二時間ほどで店がカンバンとなったので、峰とジョン高田は女性を伴って夜食に行く話がまとまったようだ。古賀はキャサリンがさかんに誘惑して彼女のマンションに誘うものだから、とうとう負けて応じることになった。

ジョン高田は店でついた女性、エリナとすっかり意気投合したらしい。


ジョンとエリナ、峰とナンシーの四人で、例の《鮨忠》の奥座敷で二人ずつ向かい合うかたちで寿司をつまんだ。それぞれ、好きなネタを注文し、もっぱら食べるほうに専念していて、呑むほうは控えている。

「そろそろ帰りますか。ここの勘定は私がもちますよ」

とジョンがエリナを伴ってレジに向かっていったのを見送り、ナンシーが峰に言う。

「ワタシ、マンションニカエッテ、キガエシテカラ、ホテルニイクヨ」

（もうすっかりその気になってしまったな）

峰は苦笑いしながら、

「わかったよ。先にホテルに帰っているからね。シャワーを使うから、ゆっくりでいいよ」

ナンシーのマンションの位置と峰のホテルは逆方向だったので別々のタクシーに乗り、二人はいったん別れた。


峰がホテルに着いてフロントでキーを受け取ると、日本から電話が入ったとの伝言があった。多分、理加からだろうと察し、部屋に入るとすぐ日本へ直通で電話をした。

「もしもし、理加ちゃんか、電話をくれたかい?」

「ハイ、先生。しました。関本一家は予定どおり成田のホテルに入ることになりました。それから、墓地の販売委託の契約書は、うまくこちらで捺印できましたので、あとは予定どおり進めています。先生は、いつこちらへ帰るのですか?」

作戦の経過報告だった。

「ご苦労さん。帰りは明後日にこちらを発ちますから、皆によろしく伝えてくださいね」

「ハイ、了解です。では関本一家とちょうど入れ替わるわけですね」

電話を終わり、シャワーを使っているうちにドアチャイムが鳴った。(もう来たのか。早いな)ドアミラーから覗くと、やはりムームーに着替えたナンシーが立っている。

「早いね、今開けるよ」

と言いながらドアを開くと、彼女は飛び込みざまにバッグを落とし、峰の首に両手を巻きつけ、唇を押しつけてきた。

ナンシーが最初から激しく舌を繰り出して峰の舌に絡ませて強く吸ってきたのには、峰もびっくりした目をして、舌を受け止めている。彼は濡れた身体にバスタオルを腰に巻きつけたままの姿なのであるが、五分ぐらいになる口づけで、すっかり身体は乾いてきた。

彼女は早くも鼻息を荒げだし、腰を強く押しつけてくるではないか。

峰は口を離して、ナンシーのヒップを軽く叩いて、「さあ、あっちで一杯やろう」と言い、「何を飲むかね？」と尋ねた。

「ビールガ、イイ」

彼女は、いそいそとグラスを二個テーブルに並べてから、横長のソファーの方に脚を大きく組んで座る。ムームーが危いところまでズリ上っている。

（ウーム、こちらの女《こ》は大胆な……手間ヒマがかからないでいいか）

「さあ乾盃をしよう、二人の夜のために」

峰は彼女の横に座り、ビールをなみなみと二個のグラスに注ぐと、それを目の高さに上げてからグラスを合せて、一気に半分ほど明けた。ナンシーもそれにならいグラスをテーブルに置き、峰の首に両手を絡ませた。下から峰の目を覗き見て、

「ハジメテアッタトキ、ジントキタヨ」と言い唇を寄せくる。峰がそっと受けてやると、すぐ

さま舌をからめてきた。

峰は片手を彼女の背にまわして、左手を脇の下からムームーの下にゆっくり差しこみ、乳房をさぐりにいく。

（ああ……下着をつけないで来たようだな）

すぐ乳頭にたどりつき、やわらく揉みしだくと少しずつ固くせり出してきた。一段と激しく舌のからみあいをしだすと、彼女の片手が、峰の下腹部をタオルの上でさまよっている。

（はは……確認したいのか、迷っている、純なところがあるんだ）

峰は彼女の手をとりタオルの下に導いてやると、彼女の熱い手のひらがジュニアに感じ、そっと握ってきた。

峰自身はまだ平常に近い状態であるが、手の掌を感じてから少しずつ固さを増していった。

峰も乳房から離れ彼女の下腹部を愛撫しながら花園に達していった。そこはかなりの愛液にまみれている。自然に相互愛撫のかたちに入っていくと、ナンシーは頭を峰の肩にもたせ、小さくあえぎ出してきた。

「さあ、ベッドに移ろうか」と峰がささやくと、

「ハイ、イッパイアイシテネ」

二人はもつれるようにして立ち上がると、ナンシーは着ているムームーを肩からはずし、足もとにスーッと落とした。みごとな裸身をさらして、両手を峰に差し出した。

（ウーム、見事なプロポーションだ）

肌は透けるような白さで、外人によくみかけるソバカスもなく、円錐形の乳房に小粒な乳頭がツンと上に向き、絞られたようなウエストから横に張り出したヒップのラインに密められた陰《かげ》りは、薄いブラウン色で小さくたたずんでいる。峰は予想以上の裸身を目の前にして、本気で愛《いと》しくなってきたようだ。

二人は抱き合うかたちから、ナンシーを横抱きにしてベッドに下ろし、そのまま重なりあう形で愛撫の姿勢に入っていった。ナンシーは膝を少し曲げるように、太股を開き気味にして、リラックスの姿で峰の愛撫を待っている。

峰はすぐさま左側の乳頭を口に含み、片手で身体を支えながら、右手をそっとウエストから花園へ羽毛で掃くように軽いタッチで這わしていくと、もうそこは熱い愛液にまみれていた。

「ナンシー、すごく熱いよ」

「アタシ、イッパイモエテルノ」

花びらを分け入り上下に愛撫を繰り返すと、太股の内側をブルッとふるわせて腰をゆすり出してくる。またナンシーの手が峰の下腹部をさ迷い出してきた。

（はは……もうまてなくなってきたな）

ジュニアをその手に押しつけるように腰を上げてやると、すばやく手をからめてきて、花園の入口にあてて太股を大きく開きながら腰を押し出してきた。

峰もナンシーの手の上からそえて、谷間にあてて腰を沈めていくと、二人の手ははずされ、お互の腰を抱きあうかたちになって峰自身は深々と埋め込まれていった。

ナンシーは「ウーッ」と声を出し足をからませてきた。そのときナンシーの内部で強い締めつけを生じだしてきた。

(ウーム、外人の女《ひと》でも、この様なことがあるんだ)

「ナンシー、素晴らしいよ」

「アタシモ、スゴクカタクテ、スグヨクナリソウ」

峰は腰を大きく引き、反転して深く浅く運動に入ると、そのリズムにナンシーはすぐ合わせてきた。

数分でナンシーがあわただしい動きになり、内部に轟きが生じ、ジュニアが熱い湯にまみれるのを峰は感じた。

「ヒサシブリダッタ、ロクサンハ、マダネ」

足をからませたまま静止して、唇を寄せて激しく吸ってくる。二人が舌のたわむれをしていると、数分でナンシーの内部がどよめき始め、ジュニアを締めつけ出し、腰をゆっくりゆすり出してきた。峰も自制しながら動きを再開していった。

こうしてナンシーを数回アクメに達しさせると峰ももう限界を感じた。ナンシーにささやくと、大きくうなずき一段と激しく腰を打ちつけて最後の頂上に向って二人は走っていった。

「アッアッ……モウダメ」

髪を振りみだして悶《もだ》えだしナンシーの内部が、今までにない轟きを生じさせ、全身を大きくそらしてきた。峰はそれに合せて自制を解き放し勢いよくほとばしらせると、ナンシーはさらに感じたようで、「ウ…ン」と声を出し、がくんと身体を落とし、激しい息づかいで肌を震わせている。

余韻をしっかり味わってから、峰は身体を離してそばのバスタオルでナンシーの身体の汗を拭きとってやり、バスルームに向かった。シャワーを浴びたあと、バスローブを引っかけた峰は、冷蔵庫から氷を出し、ブランデーをグラスに注ぎながら、ナンシーに、

「君も一杯やらないか？」

と声をかけたが、

「コノママデ、イタイ……」

とけだるそうな答えが返ってきた。

峰がソファに深々と座り、明日の予定をあれこれ考えながらブランデーを楽しんでいると、ベッドからすやすやと寝息が聞こえてきた。（大分満足したらしいな）グラスを置き、全裸で寝ているナンシーに静かに毛布を掛けてやる。

時刻は、深夜三時を過ぎようとしていた。古賀もキャサリンと、うまく楽しむことができたろうかと思いを馳せながら、峰も眠りについた。

# 第五章　手順を整えるの場

翌日、峰禄三郎はゆっくり起床してナンシーと朝食のバイキングを済ませ、ホテルの前で別れた。ナンシーは今夜の約束を何回も繰り返して、自分のマンションへと帰っていった。

それから峰は古賀のオフィスへ顔を出した。

「おはよう。夕べは、キャサリンとどうだった？　お互いに思わぬアバンチュールになったな」

「ああ、でも君は日本へ帰ってしまうからいいが、こちらはあとを引きそうだぞ」

「大丈夫だろう。感じとしてさばさばした性格のようだし……。月に二、三度会ってやったら？」

「それが、セックスとなると違うんだ。かなり入れ込む体質のようだぞ」

そこで、古賀はキャサリンとの経緯を話しだした。彼女は最初から積極的に古賀の一物をくわえて、かなりのテクニックで攻めたてたという。

「日本の男の人のは固いからと人から聞いたけど、ほんと、素晴らしい！」と言いながら、彼のものを深くくわえ、あるいは横から嘗《な》めあげて楽しんでから自分の花園にあてがい、深々と腰を落としてくわえ、すぐに上下運動に入ったという。

古賀は日本男子の沽券にかけてもと肝に命じ、彼女を三回、四回とクライマックスへ導き、最後は一緒に頂点に達したとか……。

一応、坊主との件は、しっかり説明し頼んでおいたとのこと。泊まっていってくれとせがむのを、明日は早くからのビジネスがあるからと振り切り、シャワーでしっかり外人女性の匂いを消して、帰宅の途についたそうだ。

峰も若い金髪外人女性ナンシーとの初体験を少しだけ報告したところで、古賀が今日の用件を切り出した。

「ところで、今日の予定は……？」

「まず、観光会社のハワイの出張所に行って担当者と打ち合わせをしてから、ジョン高田氏に正式に今回の件を依頼して、最後にホテルで君が懇意にしているボーイに、坊主の遊びの案内をさせる打ち合わせをしてすべて終わりだ。あとは帰る準備をすればよしだ」

「わかった。片づけなければならない打ち合わせがあるから、一時間ほど待っててくれ」

峰は秘書室に移り、秘書の彼女とコーヒーを飲みながら雑談で時間をつぶした。約束どおり、小一時間で古賀が現われた。

「やあ、待たせたね。では出かけるか」と峰に声をかけ、秘書に向かっては、

「三、四カ所廻るから、緊急の用件だけ携帯に連絡してください」

と指示して、古賀の運転する車でビルをあとにした。


「道順からだと、まずホテルを先にするよ」

「そのボーイは信用できるんだろうね」

「古くからいるベルボーイで、個人的にも親しくしている奴だから、大丈夫さ」

ホテルに着いて、すぐにロビーの奥のソファにベルボーイを呼び、三人向かい合って座り、古賀から用件を切りだした。

「実は明後日から宿泊する関本一家について、君に頼みがあるんだ」

「はい、どんなことでしょう?」

ベルボーイは流暢な日本語で返事をした。そう、このホテルは比較的日本人客が多く宿泊するので、接客ボーイは皆、日本語を話せるように教育されている。

古賀は、「これは絶対に他の者に内緒にしてくれ」と約束させてから、目的の概略を説明した。それは、ターゲットの関本坊主が二日めか三日め頃には夜遊びに出かけたがるだろうから、タイミングを計って目的のクラブへ案内すること。また、女性としけこむホテルを聞いて

くるだろうから、それも世話してやってほしいこと。もし坊主がトラブル騒ぎを起こしたら、ジョン高田に連絡すること……等を説明した。

ボーイは古賀の頼みで過分な報酬という思わぬ収入を約束されたこともあって、「承知しました」と快く引き受けてくれたので、峰はホッとした。ボーイに弁護士事務所の場所と電話番号を書いたメモを渡し、二人は次の予定地へと向かった。


今回使う観光会社はホテルから車で二十分ぐらい走ったところにあった。予約しておいた担当のトラベル社員は、二十五歳ぐらいの身長のあるなかなかのハンサムボーイだ。

空港で出迎える関本一家の写真を渡し、島内観光は日中のみ、主なところを三日ほど案内してやってほしいと頼んだ。母娘がショッピングをしたがるだろうが、最初だけ案内すればあとは勝手にするだろうとも話した。もし、問題が出たら古賀に連絡して指示を受けるようにと、古賀と弁護士のジョン高田の電話を教えて事務所を出た頃には、すでに午後三時を過ぎていた。

遅い昼食にしようということになり、峰がハワイに着いてからの食事は日本食が多かったので、中国料理でもと、ワイキキの中心にあたるロイヤルハワイアン・ショッピングセンターの三階にある《北京《ペイジン》》という店に入った。その店は古賀の馴染みであった。

本格的な飲茶《やむちゃ》で、テーブルの側《そば》に数十種の飲茶を載せたワゴンで運ばれてくる料理の、好きなものを選んで取るというシステムである。こってりしたフカヒレスープを飲み、飲茶を摘まみながら峰は計画の細部について打ち合わせを始めた。

「坊主が慰謝料を払うときの手続きや、日本からの送金の手配の面倒をみてもらう件だけど、君は関本には会わないで、信頼のおける部下にさせたほうがいいと思うがね」

「分かってる。以前からの部下で最近こちらに転勤になった男がいてね。これはしっかりしている。その者に担当させるつもりでいるよ」

「それから、ここに八十万ほどあるので渡しておくから、ベルボーイと観光会社の社員に適当な時にチップをあげてほしい」

「分かった。……じゃ、ジョンのところへ出かけるとしよう」


二人がジョン高田の事務所に着いた時は、すでに六時を少し廻っていた。

「おう……いらっしゃったか。遅いので電話をしようかと思ってたところだよ。さあ、そこに座ってくれ。今、コーヒーを出させるから」

と高田は二人を招き入れると、「ところで、他の用事は済みましたか……」と峰に尋ねた。

「ひと通り済みました。あとは、こちらの打ち合わせが終われば、ハワイに来た目的は完了です」

「それでは今夜は、ゆっくりできますね？」

「では、用事をてっとり早く済ませたら……？」

古賀が二人に向かって先を促す言葉をきっかけに、峰は細部のところまでジョンに頼み、用件を済ませた。

「では、出かけますか。今夜は私の行きつけの店に案内しますから、どうぞ外で待っていてください」


ジョンに伴われて着いたところは、サウナセンターであった。

「先に汗を流して、軽くマッサージにでもかかってサッパリしましょう」

というジョンに、峰は戸惑った。

「それはいいが、着替えがなくては……」

「いや、この店は下着もアロハも揃っているから大丈夫。ラフな姿になると楽しくなりますよ。脱いだ物は全部クリーニングをしてホテルに届けてくれるシステムになっていますから」

そう聞き、安心する。

「それはいいですね。気をつかってもらって、ありがとうございます」

峰の言葉にジョンは、「そのかわり、日本に行った時は、世話になりますよ」と返した。

「どうぞ、喜んで。予定でもあるんですか?」

「ええ、依頼をされている件で、どうしても日本に行って調べる必要がありましてね」

「その時は、ぜひご連絡をお待ちしていますよ」

三人は風呂とマッサージを済ませ、アロハに着替え、身体も気持ちもサッパリしたところで、ショーを見ながら飲食する店《パラダイス・ハワイ》へ向かった。

「ハワイには、このような店が多くありましてね。観光客相手ばかりでなく、地元の人が家族でときどき夜を楽しむ風習があるんですよ」

「ほう……それだけ日本より生活にゆとりがあるということでしょうね」

峰たちは次々と繰り広げられる華麗なショーを見ながら飲食し、楽しく過ごした。


「では次はハワイらしいクラブに案内しましょう。古賀さんには珍しくはないと思うが、峰さんにと思って……。外にタクシーが待機しているから、先に乗っていてください」

とジョンはレジのほうへ精算をしに行った。

次に彼が二人を伴って入ったクラブの内部は、奥の一角に舞台がしつらえられ、三方の壁は熱帯植物で一面に演出されている。まるで、密林の中にサロンルームがある雰囲気である。

そこのホステスは約百名ぐらい居るそうで、半分が現地の女性で残りは白人の構成だそうだ。舞台の前のフロアーでダンスを踊ることもできる。

コの字形のソファーに三人を挟むように交互に四人のホステスがついた。まったく日本語は通じなかったが、峰は不自由なく英語も話せるので、彼女たちと楽しい会話を交わした。

席に就いて一時間ぐらい過ぎた頃、峰の携帯電話が鳴った。（誰だろう？　もしかしてナン

シーかも）と思った峰は、その場で会話するのはまずいと、

「すいません、トイレはどこですか」

とそばのホステスに聞いた。

「どうぞ、案内します」というホステスとともに立ち上がり、先にトイレに向かうのに、呼び出しベルの音を気にしながらトイレに入り電話に出た。やはり、ナンシーからであった。

「モシモシ、ロクサン。イマ、ドコニイルノ？　コンヤハ、コナイ？」

「ジョンさんに招待されて《パラダイス・ハワイ》に来ているんだ。今夜はそちらには、寄れないな」

と言うと、

「タノシミニ、シテイタノニ……。オミセガ、オワッタラ、ホテルニイッテモ。イイカ？」

ナンシーは峰の滞在最後の夜だから、当然今夜もと期待しているようだ。

「ああ、いいよ。でも帰るのは一時過ぎだよ」

「ホテルニ、トモダチガイルカラ、ヘヤニ、ハイッテイルヨ」

「わかった。できるだけ早く帰るよ。じゃ」

電話を切って席に戻ると、古賀が、「ナンシーだろう？」とからかうように言った。

「そうだ。今夜も店に来るかと期待していたらしい」

「大分熱が上がっているな。あまり優しくすると、日本までついていくぞ」

「おいおい、脅かすなよ。適当に付き合っておくようにするよ。ところで、お前さんと付き合ったキャサリンのほうは、どうなんだよ」

「なかなか濃厚でね。少し辟易《へきえき》したよ、久し振りだったからかもな」

「あとあと、付き合わされるのでは？」

「そうなんだ。再婚相手ができるまで、週に一度ぐらい逢ってほしいと、ねだられたよ」

「その程度なら、付き合ってやったら？」

「人ごとだと思って……気やすく言うなよ。まあ適当な時期に友だちを紹介して、バトンタッチをしてもらうつもりだ」

「そうだな。家庭騒動にならないようにしろよ」

二人があまり長く日本語で話し合っているので、それぞれについたホステスが焦れてきて、

「何を話しているのよ、さぁ、飲みなさいよ」

早口の英語で少しまくしたて気味にして、膝を揺さぶってきた。

(まったく外国の女は、遠慮がないな) 峰は、しみじみと相手の顔を見てしまう。

(そこへいくと、ナンシーは可愛いものだ。ここの女とは付き合う気が起こらないな)

ジョン高田は少し離れたところに居て、結構楽しそうにホステスと冗談を言い合いながら飲んでいる。こちらはなんだか白けた雰囲気になっている。

「古賀よ、適当なところで引き上げようか」

「そうだな。ジョンには悪いけど、約束があるからと、マウイ・クラブで口直ししようか」

「そうしよう。君からジョンに声をかけてよ」

峰がけしかけると、古賀が隣のホステスの背後から背伸びをして言った。

「ジョン、さっき峰に電話が入って、昨日のクラブに友人が来て逢いたがっているそうで、お先に失礼させてもらいたいんだけど」

「うーん、それは残念ですが、いいですよ。私はもう少し遊んでいきますから」

「じゃ……遠慮なく帰らせてもらいます」

また、日本語で話し合っているので、古賀の両脇の女性はありありと不愉快な顔をして頷《うなず》きあっている。

(これじゃ……長居はしたくなくなるな)

古賀と峰は頷きあって立ち上がり、ジョンに向かって、

「じゃ……お先に失礼するよ」

と英語で挨拶して出口に向かうと、さすがにホステスたちが出口まで送りながら、

「私たちが気に入らなかったのか？」

「これに懲りずに来てください」

と口々にしおらしく語りかける。

「約束があるのでね。またそのうち遊びに来ますよ」

古賀が一応とりつくろって答えた。

《マウイ・クラブ》の扉を開けると、賑やかな笑い声が、わあっと耳に入ってくる。

目ざとくボーイが飛んできて、

「よく、いらっしゃいました。彼女たちが喜びますよ」

「さあ、こちらにどうぞ」

手を取り抱きつくような仕種で、席に案内をする。

(ああ……なんか、ほっとした気持ちになったな)峰はゆったりとした動作で出されたタオルで両手を拭きながら、そばの古賀にもらした。

「やはり、この店はいいよ。ほっとするね」

「うん、先ほどの店は女の子の教育がなってないな」

そこへ、

「ウワァ……コレタンダ、ウレシー」

一人の女性を連れてナンシーが現われ、それぞれの脇に抱きつくようにして座った。

差し出されたオシボリを扱いながら、古賀が峰に尋ねた。

「ところで、明日は何時のフライトの予定なんだい?」

「午後二時だから、ホテルを十時に出ればいいいな」

「では、十時少し前に、ホテルに迎えに行こう」

「ワタシモ、オクラセテ」

ナンシーがすかさず割り込んでくる。

そのあとママも加わって日本の話題となり、ママは古城とかお城に興味を持っているようで、大坂城とか名古屋城のようなコンクリートづくりでなく、国宝級の城を見て歩きたいと、日本観光のツアーの希望を持っていた。峰が、「いつでもご案内しますよ」と約束をしたのに、ナンシーも便乗して日本に来る話になっていった。

ナンシーに依頼したセクハラ作戦をキャサリンが引き受けてくれたため、彼女はお役ご免となったのに、前渡し金はそのままお小遣いとして返さなくてもいいという峰に、ナンシーはすっかり熱を上げてしまっている。

この秋は、日本のお城ツアーと紅葉見物に話が決まったところでお開きとなり、今夜は外で食事をしないでホテルでルームサービスを取ることにして、峰はナンシーを連れてまっすぐ滞在先のホテルに向かった。

部屋に入るなり早々と、ナンシーはピザパイとワインの注文を済ますと、峰の目の前でサッと衣類を剝ぎ取るようにして脱いだ。黒のレースのスキャンティーだけの裸身が現われた。ノーブラでいたのだった。

「ロクサンモ、ハイッテキテネ」と言いながら、彼女はシャワールームへ消える。

峰もあとから下着姿となり入っていくと、ナンシーは頭からシャワーをかけ、身体にボディーソープを塗りたくっているところであった。パンツを脱ぎ後ろに廻り、シャワーノズルを受け取り、肩からバストへと左手で撫でるようにシャワーをかけながらボディーソープを落としてやる。ゆっくり愛撫をしながら、腹部からさらに下へ、茂みのあたりまで下っていくと、彼女はヒップを後ろに突き出してきて峰の下半身に強く押しつけ、ジュニアを摑み自分のアナルに沿って挟みつけた。

亀頭部が、熱い愛液にまみれた秘部の割れ目に触れた。

峰は突起部をさぐり、そこを覆う肉襞《ひだ》を開き軽く揉みしだきだすと、ナンシーはさらに足を開き腰を上げ気味にし後ろに突き出したので、亀頭部分がつるりと入ってしまった。

「アッ……ハイッタ。オクマデキテ」

「それは、ベッドに行ってから」

「イヤン、ココデスコシネ」

峰は両手をヒップに持っていき、彼女を前屈みにさせてバスタブに両手をつかませ、腰を強く突き出し深々と打ち込んでやった。彼女はすぐ前後に激しく腰を使いだした。

(かなり、燃えていたんだな)

さらに強く叩き込むと、ヒップが水に濡れているので、ピタンピタンと派手な音を発生したのが刺激となったのか、まもなく彼女は「ウウッ……」と声を出し、脚を震わせて軽くイッたらしい。その時ドアのチャイムが鳴った。

峰は急いで引き抜き、腰にバスタオルを巻いて、ボーイを案内に向かった。

(まったく危ないタイミングだったな)

バスルームで二人ともシャワーをかけ直してから、部屋に戻ってピザパイを食べワインを楽しみ、ひと息つく格好となった。ナンシーは、すでに顔が赤くなっている。

「ワタシ、ヨクナッテシマッタヨ」

舌をペロッと出しニッと笑った顔が可愛い。峰のものは元気なまま、バスタオルを突き上げている。

「さあ、ベッドに行こう」

手を差し伸べ抱くようにしてベッドにもつれこんだ。二人は激しく唇を求め合い、本格的な交歓に入っていった。


翌朝、再び部屋に泊まったナンシーと二人でホテルのバイキングで朝食を済ませた峰は、荷物を降ろしてきて、ロビーでコーヒーを飲みながら古賀の来るのを彼女と待った。

「コンド、イツアエルノ？」

「そうだな、今度の仕事が無事終われば、お礼かたがた、六月の中頃にまた来るよ」

「ズイブン、サキネ」

「そうでもないよ。待ちきれなくて浮気するかな？」

と言ってみると、むきになって、「ソンナコトスルワケナイヨ、ロクサンダケ」と返ってきた。

(嘘つけ、あれだけセックス好きで強いんだから、我慢できるわけがないだろうが。まあ適当に遊びなさい)


峰としては内心そう思いながらも旅先でのアバンチュールでしかないのだが、社交辞令として、「そうだよな、ナンシーは真面目だからな。おとなしく待っててくれよ」と言うと、

「ハイ、デンワクダサイネ」

と応じた。雑談をしているうちに、古賀の迎えの車が到着し三人で空港に向かった。やがて、峰を乗せたジェット機は定刻にホノルル空港を飛び立った。

# 第六章　獲物が来島の場

「住職、明日は早いのよ。いい加減に飲むのをやめたら……？」

「うるさいッ！　搭乗したら何時間でも眠ることができるんだ。久し振りに信徒たちの目から離れられたんだ、少しはリラックスさせろ」

成田空港の近くのホテルの一室である。関本一家は翌日の早めのフライトに備えて、宿泊をしている。

「でも、こんな幸運なことが実際あるんだな」

「そうよ、私のお蔭よ。私の福運なんだから、感謝してよ」

「分かってる」

「ねえ……いいい加減にして、こちらに来て。神経が高ぶって眠れないのよ」

「お前も好きだな」

「なに言ってるのよ、外で適当に発散させて、私なんか放っておいて」

「わかった、わかった」

それからが大変。くんずほぐれつ女房が上になり下になりで、一時間ぐらい汗みどろの格闘でグッタリとなり、数十分ぐらいうたた寝をしてからシャワーを使い、関本夫婦は表面的な和合の成立をして白川夜船に入っていった。


ハワイから帰り、もうひとつの作戦現場に立った峰は、墓地区画割りの整備と仮事務所の状態を確認しながら、翌日からの墓地発売に向かって細かい指示を与えている。

「短期間での勝負だから、受付窓口はあと二つほど増やしたほうがいいだろう。それと現場への案内のアルバイトの指導は充分にしてるか？」

「もう何回もリハーサルをしましたので、まず大丈夫だと思いますよ」

墓地区画整備担当の野田の報告を聞きながら、皆に次の指示をする。

「午後から、本番どおりの流れでリハーサルをやろうよ」

全員に呼びかけ、「宣伝と広告のほうは万全かな」と聞くと、市川が「私から説明します」と応じた。

「宣伝の範囲は、予定どおり法華講信徒に絞り、仏遠寺関係だけでなく隣接している川崎に正華寺という寺が近くにありまして。そこの檀徒の名簿が手に入りましたので、この二つの寺の信徒へ電話で墓地の有無のアンケートと購入希望を吸い上げた結果、約二百軒近くから購入希望の確認が得られました」

　そのあとを理加が受け、チラシについての説明をする。

「二カ寺の檀徒の家のポストへ直にチラシを二回投函しましたら、すでに百三十本ぐらい仮設電話に問い合わせが入ってますから、販売期間内での完売は間違いないですよ」

「そうか。短期間でよくできたね。それから、現地案内の立て看板はもう出しているんだろうね？」

「はい。今、敏さんがアルバイトたちを使って立てに行ってますから、もう帰ると思いますよ」

「では彼らが帰ってきたら、昼食をしながら打ち合わせをするか」

　墓地の販売価格は、七十万円と決める。実際、この周辺の土地の評価価格は一平方メートル当たり六十万から七十万円で、バブル時には百二十万円以上はしていたそうだ。墓地の一区画面積は、二・二五平方メートルとしたので、わりあいにゆったりしている。檀徒たちの家からも比較的近いので、通常の一般の相場では百万円以上はするとの不動産業者の意見であった。

　価格をそのように格安に設定しても、完売すれば峰グループとしては一億円をはるかに超える売上高となる。その約半分を元の地主の西村ときに差し出すとしても、騙すように土地を奪われて資産を失ったときの老後の生活設計だった、生涯介護つきの養老施設に入る資金には、充分足りるものになるはずだった。

それが峰が狙った目的の一つでもあった。

昼食をしながら各自の持ち場の確認とバイトたちの配置など打ち合わせを済ませる。

また現場に戻り、アルバイトたちを客と見たててのリハーサルを数回繰り返し行なって、流れの悪い配置の修正をし、最後の打ち合わせをしているところに、峰の携帯電話にハワイの古賀から連絡が入った。

住職一家が無事ホテルに入ったとのことだ。峰は居あわせたメンバーにも早速知らせた。

「坊主の一行がハワイのホテルに着いたそうだ。ここまではすべて予定どおりだ。皆、いったん家に帰って汗を流したら、例の《川秀》で夕食としよう」

仮事務所をしっかりと閉め、契約しておいた警備会社にあとを頼んで、一同は引き上げていった。


「今晩は。まだ早いですかね?」

《川秀》に峰が入っていった。

「あらぁ、ロクさん……。いつ、お帰りになったの?」

おかみの秀子がうれしそうな声で迎えた。

「うん、昨日かなり遅くに帰って、今日準備の確認が終わったので、皆で食事をと……。三十分もすれば皆集まりますから、奥の座敷をまたお願いしますね」

「はいはい。それまで、そこのカウンターで飲んでいてね。いま支度をしますからね」

カウンターの中から肴の支度をしながら、おかみが言った。

「実は耳寄りな話を聞いてね、早くロクさんに連絡が取りたくってうずうずしていたのよ」

「ほう……どんな話？」

「詳しいことは——ロクさんも知ってるでしょう——石坂さんに聞いて。今夜あたり、来ますよ。その話はね、市内に住んでいる森田という都会議員をしている人が、いろいろと不正なことに首を突っ込んでいるんですって……。最近では京王線の〇〇駅前開発にまつわる汚職らしいのよ。……まずは、一杯どうぞ」

「じゃあ、乾盃。そうか、興味深い話みたいだな」

「お久し振り……、ああ、おいしい」

他の客がまだ来ていないのをいいことに、おかみもグッとビールを呑んで、グラスをカウンターに置きながら、

「もう一つの口に乾盃！」

と言って峰の首に両手を廻し、唇を重ねてきて激しく吸った。

「ああ……本当に待ち遠しかったのよ。この前あんなことをしてくれたから、余計によ。ロクさんは今頃ハワイでいいことをしてるんではと思って、気が気じゃなかったわ」

「とんでもない。短い日数ですべての用事を済ますのに毎日飛び回りだったよ」

「まあ、いいわ。海の向こうで何をしても、日本の中では駄目よ。いよいよ明日からね。お坊さんたちは海の向こうなんでしょ？」

「そう。何も知らないで今頃は羽根を伸ばしているだろうね」

「ところで、今回の件は一週間ぐらいで片づくの？」

「うん、準備万端、短期決戦でスカッと終わらせてみせるさ」

「終わったら、約束の温泉よ。忘れないでね」

「あの話は、まだ生きてるのか……？」と峰は冗談に言うと、

「やだー……真面目よ。そんなふうにしか、とってなかったの？」

「いや、確かめてみただけだよ。じゃあ、ママ、どこか良いところを見当をつけといてくれないかな」

「いいわよ。静かで落ち着いたお部屋をね。着いたら、お部屋に籠《こも》りっぱなしだからね」

「おお……こわっ」

「うそ、うそよ」

そんな会話をしているところへ、どかどかと理加を先頭に一行が入ってきた。

「こんばんは」「今晩は」とメンバー五人の顔が揃った。

「いらっしゃい……お待ちかねよ。さあ、奥の座敷へどうぞ」

「じゃ、僕も奥へ行きます。最初、《生《なま》》をお願いしますね」

「はいはい。もう間もなくお手伝いの姉さんが来ますから。近所の未亡人の方なの。手を出さないでね」

「そんなこと、する訳ないよ」

峰が座敷の中央に座り、

「今日までご苦労さん。今夜は大いに英気を養って、明日に備えよう。ほら、ビールが来たぞ」

「では、作戦成功を願って、乾盃しよう」

乾盃の声とともに一斉にグラスを傾けた。

「うお……美味い」

料理に箸をつけ、あるいは飲みして、準備中のいろいろな話題にうち興じて、前夜祭は二時間ほどでお開きとなった。メンバーたちは、「ママ、ご馳走さま」と口々におかみに声をかけながら、帰っていった。

峰が座敷から最後に出てくると、

「先生はまだ居てね。石坂さんも来てるから隣に座られたら?」

店内では数組の客がカラオケを代わる代わる楽しんで、結構盛り上がっている。

「今晩は。暫くです」

声をかけながら、石坂の脇に座り、小声で、

「ママから聞いたんですが、面白い情報があるとか……」

「ええ、皆が帰ったあとで」

「お願いします」

峰も一緒にカラオケに興じたり、石坂と景気と株の動向を話し合ったりしている。石坂という男は、かなりの知識をもっていた。

そのうち一人帰り二人帰り、峰と石坂だけになった。ママは外の暖簾を仕舞いながら、

「お二人は、ゆっくりしてってね」

と声をかける。峰は石坂に向き直って言った。

「さっきの話、お願いしますよ」

「実は、ひょんなことから、この話を耳にすることができましてね。私の仕事の関連の業者の情報なんですが、京王線の○○駅の北口を大きく開発する計画があるのはご存じですね。これは、かなり前から計画され、それにいち早く首を突っ込んだのが森田議員でしてね。この開発には都からも助成金が出るようで、その窓口がこの議員だったそうで、市の建設資金の予算額を密かに調べ、ある大手ゼネコン業者に流しましてね。先日その入札があって、そのゼネコン

会社が落とし、多額の礼金が森田の懐に入ったようです。

それで、駅付近の個人の店、ラーメン屋とかと雑貨店や洋品店なんかが立ち退きさせられる訳で、その数軒に立退き料の件で、やはり森田が首を突っ込んでるらしいですよ。また、そこから礼金をとの魂胆でしょうね」

石坂は、過去の行政との癒着例を数例あげて話してくれた。

「分かりました。あとは、こちらで調査してみます。ありがとうございました。ところで石坂さん、後日改めて、外で会っていただけませんか。この名刺のところに都合の良い日に電話をお願いします」

「いいですよ。これが私の会社の名刺です。会社はいつ電話をされても問題ありません」

と、常連同士でありながら初めて名刺交換をし、石坂は市の行政の裏話や数人の議員の個人情報を話して帰っていった。それだけ信頼してくれたことに峰は感謝し、（これからの裏仕事に役立ちそうだぞ）と心を強くした。

《川秀》の店内は、またおかみと峰の二人きりとなった。秀子はカウンターの上だけ残して照明を落として、峰の隣に座った。

「さあ、これで落ち着けるわ」

「あの人は、なかなかの情報通ですね」

「役所の上のほうに親しい人がいるらしいわよ。きっとロクさんのお役に立つと思って、ご紹介したかったの」

秀子は峰の脇にぴったりくっつきながら、顔を覗き込むようにして、

「石坂さんの帰るのが待ち遠しくって……」

峰は黙って両手で秀子の顔を挟んで唇を寄せていくと、秀子は強く吸いついてきた。長い口づけとなり、秀子の鼻息が次第に荒くなる。

「ねえ……今夜、家に来ない？　明日はほかの皆さんに任せてあるんでしょ。朝はゆっくりできますから……」

「でも朝、家を出る時、誰かに見られたら、ママ、都合が悪いだろう」

「この辺りはサラリーマンの家がほとんどで、皆朝が早くてね。九時以降は静かなものなの。旅行まで待てないのよ」

「わかった、ママ。片づけがあるんだろう？」

「いいの、明日早めにやるから……。さあ、行きましょう」

店の戸締まりをして、裏から地続きの玄関に峰を案内する。

「さあ、ロクさんはシャワーを使ってね。夜具の用意をしてますから。お風呂場は廊下の突き当たりの右側です」

峰が風呂場へ行くと、脱衣場に新しい浴衣が置いてあった。

（朝から計画していたな）

シャワーを済ませ、用意されていた浴衣を引っかけながら居間に戻ると、テーブルに生ビールと枝豆とチーズが揃えてある。

「そこで飲んでいてね。私もシャワーを使ってきますから」

部屋は空調がほどよくきいている。ビールが湯上がりの乾いた喉に快い刺激となった。一気にグラスの半分ぐらいを空け、

「美味い」

つぶやきながら、チーズを口にする。まもなく秀子が浴衣姿で現われた。

「私もおビールいただくわ」

「落ちついた、良い住まいだな」

「全部、和風なの。年をとるとやはりね」

二杯めのビールを空けた頃、

「さあ、休みましょう」

隣の寝室に、もつれこむように抱き合いながら夜具に横になった。峰が秀子の細紐を解き、浴衣をはだけると下には何もつけていない。そっと秘部に手の掌をあてがいながら、まだみずみずしい乳房を口にして、舌で廻すように愛撫に入っていった。秀子は膝を少し曲げぎみにし、腰を持ち上げるようにし脚を開き、両手を峰の背にしっかり廻して、口を半開きにしてあ

えぎ出した。

峰の右手は、絶え間なく敏感な突起を撫でている。すでに愛液は後ろのほうまで流れ出している。

「もう、それはいいの。早く来て」

峰は秀子の脚の間に身体を移し、ゆっくりと押し入って深々と打ち込んで停止すると、秀子は腰を上げぎみにしながら、両の足を峰の脚に外から絡ませながら、

「ああ……久し振りよ……気持ちがいい」

目を閉じ、唇を求めてくる。峰はゆっくり動きだした。膣内がキュッと収縮するのが分かる。

「ママは、まだ若いね」

「お世辞を言わないでよ」

「ここが……」と言いながら、亀頭を上下に動かし、

「まだ三十代みたいだよ」

「あまり使ってないからね。ね、今動かしたようにして。ゆっくり腰を進めてくれる? 激しいのは駄目なの。それとね、私、細かく何回もイクの。離れないで入れたままにしててね」

峰が亀頭を上下に振るようにして前後にゆっくり押し込むように動きだすと、膣内をギュギュと締めてくる。次第に二人のリズムが合い、秀子はもう口を開くことなく峰の背に廻した手

をヒップに下げてゆき、しっかり腰を抱え込んできた。

秀子の肌が艶やかな桜色に上気し、乳房の間には粟粒のような汗が浮き出している。

膣内の収縮のリズムがだんだんと早くなってきた。「あっ、あっ、きたわ」と囁くや、秀子は下腹部をしっかり押しつけて、顎《あご》を突き出した。急激に昇りつめたようだ。

峰が数分静止してから元のリズムに戻していくと、二、三分くらいで次のオルガズムがきたようだ。数回繰り返したあと、いちだんと腰を動かしてきて、「ロクさんもイッて……」と言いながら身体をブリッジ状に反り、膣内を強く締めつけてきた。

峰も限界となり、フィニッシュを迎えて快感の証《あかし》を、ほとばしらせる。秀子も「ああ……」と叫び、すとんと腰を落とし、動かなくなった。暫く、余韻を味わうように黙って抱き合ったまま息づかいが収まるのを待って、二人は離れた。

秀子は用意のタオルで二人の始末をして、峰の胸に頭を乗せながら横になり、

「すごく良かった。ロクさんとは肌が合うだろうな……という予感がしたの」

「ママもすごく綺麗だったよ。女性はあの時の顔が最高に美しく見えると言われているね」

「私、癖になりそう……」

「時々、会いましょう」

「お願いね」

峰が腕枕に頭をうつしてあげると、秀子はすぐすやすやと寝息をたてだした。

まもなく峰も眠りについた。


朝、目を覚ますと、部屋の中に味噌汁の香りと、魚を焼く匂いが漂っている。

「おはよう、早いね。ママ」

「お蔭さまで、久し振りに熟睡できたの。六時には目が覚めてね、シャワーを使ったわ。洗面所に新しい歯ブラシを置いておきましたよ。お食事は間もなくできますから……」

「久し振りの朝の日本食ですよ」

食卓に向かい合って、席に就く。

「いただきます。なんだか昨日の続きのようだ」

「うふふ……幸せな朝だわ」

「このまま、現場へ行くの？」と問われ、

「いや、いったん家に帰って着替えをしなくては。勘のいい娘《こ》がいるからね」

峰は内心、こうなったからといって、仲間うちにもあまり知られるのは面倒だと思っていた。

# 第七章　坊主、奮戦の場

その日の朝、東京は五月晴れの好天気であった。

東墓地販売の売り出しは、受付時間を午前十時から午後六時までとしてあるのだが、九時半頃にはすでに十数人が並びだしていた。峰グループのメンバーは、二時間前に着いて支度を始めている。現金の管理は地元の○○信用金庫から一名、一日中同席してくれることになった。ローン契約の場合は安田の事務所と繋がりのある○○リース会社が受け持ち、その場で書類処理をするようにしてある。

その日金曜日から次の週の金曜日までが販売期間としてあった。

(これでは来週の中頃で、おおかた売れてしまいそうだな)

野田が客の列を見て、判断する。

「時間前だけど、始めよう」

野田が皆に声をかけ、「お待たせしました」とお客を受付に案内する。

最初のうちは、流れが少しぎこちなかったが、すぐスムーズな流れとなった。

峰が十一時過ぎ頃に現場に姿を見せた。

「どんな調子？」

「すごく順調ですよ」

受付番号を見ると、すでに三十番めとなっている。

「昼食の出前は、一週間分予約してあるから、届いたら交替で奥で済ませなさい」

峰は理加に言《こと》づけて、現場を離れていった。


一方ハワイでは、関本一家が滞在三日めの夜を迎えていた。昼に観光業者の案内で市内観光を済ませている一行は、大分現地馴れをしてきた。

今夜は母親と娘は昼に見ておいた店にショッピングに出かけ、息子は町に飛び出していった。今夜あたり、例のボーイが坊主を例のクラブへ案内する予定になっている。その結果は、ナンシーから古賀に坊主の状況の報告が入り、古賀が峰に連絡を入れることになっている。


東京の峰はというと、次のターゲットに決めた都会議員の森田についての調査に入っていた。その夜遅く帰宅すると、留守電に三件の電話が入っている表示が点滅していた。

一本めは、安田からの昼の墓地販売の経過報告であった。

二本めは《川秀》のママからで、(近いうちにぜひ来てね、おいしいお酒が入ったので)というもの。三本めが古賀からで、(電話をしてほしい)とのことだった。

今ハワイの現地時間は、多分朝の九時を廻った頃だろうと見当をつけ、古賀はオフィスに着いているだろうとみて、峰は電話を入れる。

「もしもし、峰だが。留守をしていてどうも」

「いや、たいしたことではないが、坊主の状況を知らせようと思ってね。昨夜、ホテルのボーイがマウイ・クラブに案内してね、ナンシーを紹介したそうだ。ナンシーから、遅くに連絡が入ったので、まずは一報を」ということであった。

知らせによると、坊主はすっかり気に入って、ナンシーを離そうとせず、カンバンまでねばって飲んでいたようだ。「場所が分かったので、明日からは一人で来る」とか、わりと紳士的に振る舞ってはいたが、ナンシーの手を握りっぱなしで、彼女は「マイッタ」を連発していたらしい。

「明後日あたりキャサリンを紹介する予定で、ナンシーからバトンタッチさせるから」と、電話は終わった。

関本のハワイ五日めの夜。オハナ・マウイ・クラブでは、店の奥のソファーに関本がナンシーを脇に抱くようにして、我がもの顔をして飲んでいる。すっかり自分の馴染みの店のごとくに、最初の夜のおどおどした態度とは大変な様変わりになっている。

そこに、古賀がキャサリンを連れて入ってきた。

ナンシーがすぐに飛んでいき、

「イラッシャイ、マッテタノヨ」

「遅くなってご免よ、あの坊さんのところに同席させてくれる?」

「ハイ、ドウゾ」

古賀は小声で「ロクさんの名前は出すなよ」とナンシーに念を押すのを忘れなかった。

「ワカッテマス」

そして、

「セキモトサン、コチラ〇〇ショウシャノ、ショチョウサンノ、コガサンデス」

「それはどうも。私、五日前《いっか》から観光に来ましてね、ホテルのボーイさんに紹介してもらって、毎晩来てます」

「そうですか。こちらキャサリンさん。ご一緒していいですか?」

「どうぞどうぞ、喜んで」

ソファーには奥から順に関本、キャサリン、次に古賀とナンシーの順に席に就く。

皆で挨拶の乾盃をする。関本は三日間通ってもナンシーがなかなか落ちそうもないので、早速キャサリンに話しかけてきた。

キャサリンは予定の行動なので調子よく合わせたため、関本は嬉しくなり手を握り膝まで触ってきた。その夜のキャサリンの服装は、ノースリーブ式のムームーだから、乳房の谷間が深く見えてしまう。関本の目線はそこに吸い付きっぱなしで、さかんに世辞を振りまいている。古賀はナンシーと話しながら、関本のほうをチラチラ観察して（これはキャサリンは早めにまとめる気かな）と思っていた。

関本「今夜、このあとで食事をしませんか？」

キャサリン「古賀さんとナンシーが一緒ならば、いいわ」

関本「仕方がない。いいよ、じゃ明日の夜デートできませんか」

キャサリン「いいわ。明日七時に、今夜これから行く寿司屋でどうかしら」

関本「サンキュウ、サンキュウ。ありがとう」

関本はすっかり上機嫌となり、自分がいかに優秀な僧侶かを盛んに吹き込んでいる。キャサリンはそんな話題には興味がないので、適当に空返事をしながら、坊主のセックスはどうなっているのかという想像に気が行っている。

ほどなく古賀の案内で四人は《鮨忠》へ場を移した。

「いらっしゃい」

「今晩は。今夜は日本からのお客さんを連れてきたので、本国に負けないおいしいものを出してくださいよ」

「任せてください。魚はこちらのほうが豊富ですから」

日本から入荷された冷酒が各自の前に並べられた。つまみは大トロの鮪《まぐろ》をサッと両面焼きにした、鮪ステーキが出た。

「日本でもこんな風な鮪を食べたことありませんよ。口の中でトロけるようです。ハワイに来て教わるとはね」

関本は大満足な顔をして、箸を動かしている。

鮪の次は、鮑《あわび》のおどりに伊勢海老の造りなどが続き、日本では見られない貝の刺し身が出てきたりして、関本は幸せそのものといった顔をして酒のピッチも上がっている。古賀は関本の性格をつかめていないので、心配そうに関本を観察している。

関本はかなりできあがりだしたらしく、キャサリンへのタッチも盛んになってくる。キャサリンはもともと大らかな性格なので、触られるままにしている。

関本はクラブを出るとき、明日のデートを取りつけることができたので、気をよくしてキャサリンに五万円を渡している。そのうち関本は図に乗ってきて、ノースリーブの脇から手を入れ、乳房に触りだした。キャサリンは場所柄を気にして、大きく手を払いのけた。

それを目にした古賀は、

「関本さん、アメリカでは場所でのマナーにはうるさいのですよ。それと、日本では酒の上での間違いは大目に見られるが、こちらでは一切考慮されませんからね。こちらでは気をつけてくださいね」

とたんに関本はシュンとなってしまった。

（この男はすごく単純なんだな。よく僧侶が勤まっているな）と、古賀は呆れた。

「さあ、大分遅くなったから、このあたりでお開きにしましょう」

古賀が声をかけ、上がりをもらい、皆それぞれに引き上げていった。

翌朝の関本は、前夜、冷酒を急ピッチで相当量飲んだのが効いたのか二日酔いとなり、いつまでも寝ていた。家族の者は主人が起きてこないので、それぞれ観光に出かけてしまっていた。息子の義彦は町をうろついているうちに、悪い連中と意気投合したらしく、どうもマリファナパーティーに入りびたっているようだ。母親と娘は、ブランド製品を漁《あさ》るのに夢中で、息子の様子が変わってきているのには、少しも気がつかないでいる。このままでは帰国までには中毒にかかってしまうだろう。

関本は昼頃にようやくベッドから這い出してバスで汗を流してから、一階の売店に行って、夜に備えて精力ドリンク剤を買い込んできた。そして昼からルームサービスでステーキとワインを注文した。デートを承知させたからには、キャサリンをものにできると思って、頑張るための体力づくりのつもりである。

古賀は峰に連絡を入れ、昨夜の関本の振舞いを話した。

「とんでもない生臭坊主だよ。仕掛けなくても、勝手にトラブルを起こしてくれそうだ」

「ほう……そうかい。慰謝料を思い切り取って、強制帰国をさせればいいよ。こちらの作戦も順調で、早めに終わりそうだ」

「では、また連絡する」

「ありがとう」

峰は古賀からの報告を聞いて、スケジュール通り事が運びそうなので、まずはホッとして受話器を置いた。


関本はホテル内にある散髪屋で剃刀《かみそり》を当ててもらい、部屋に戻ってきてテレビをつけても落ち着かない様子だ。

昨夜入った寿司屋がホテル内の店であったのを思い出して、(少し早いが部屋でも予約しておこうか)と思い立ち、タクシーに乗り込んだ。ところが、そのホテルの名を知らないのに気がつき、あわてた。運転手に行き先を催促され、思わず寿司屋の名を出すと、運転手が《鮨忠》を知っていたので、なんとか到着できた。

ホテルに着くと早速、チェックインカウンターに行き、先にダブルの部屋を予約し、それから約束の《鮨忠》へ入っていった。

「いらっしゃい。きょうはお一人で？」

「いや。ここで昨夜の彼女と待ち合わせをしたんだが、時間がちょっと早過ぎてね。何かつまみながら待たせてもらいますよ」

「わかりました。奥の小部屋が空いてます」

「いや、カウンターのほうが、来たらすぐ分かるから、ここで待ちますよ」

「飲み物は冷酒にしますか？」

「いや、彼女が来るまでにできあがるとまずいから、ビールにしときます」

約束の時間までには、まだ五十分ぐらいあった。

関本は、鮪の刺し身を肴にしてビールをやりながら、さかんに若い板前たちに向かって、自分は住職として、いかに檀徒たちに信頼され、自分の宗派の中で、かなりの地位にいるかなど得得として話している。板前たちは、前夜の醜態を見ているので（なにが聖職かよ、生臭坊主が。今夜も彼女と遊ぼうとしているくせに。檀徒の人たちが知ったら嘆くだろうに……）と思いながら、適当に相槌を打っている。

関本は次第に図に乗って、いかに自分の寺が裕福であるかをさかんに説明しだした。

「うちの檀家はね。信仰心の篤《あつ》い人たちが多くてね。ご供養を率先して出しますので、私はこうした観光に来られて幸せですよ」

（どうだか。強制して吸い上げているんだろうに）板前は内心の声は出さず、

「それは結構なことで」

と仕方なしに相槌を打っていると、そこに、

「今晩は。あら、もう来てるんだ」

待ち合わせの時間には、まだ十五分ほど余裕があるので、自分のほうが先だと思って入ってきたキャサリンだった。

「いや、待ち遠しくてね。早く来てしまったよ」

関本は相好を崩して立ち上がって、キャサリンの手を取り、奥の座敷に向かって行きながら
「それを座敷に移してください」と板場に声をかける。


座敷では並んで座っていてまで、手を握っている。

「なんでも好きなものを、とりなさい」

「私は、昨日のお酒がおいしかったから、お酒にします」

「あまり飲みすぎないでよ」

「昨日いただいた鮪のステーキをお願い。あとは、いいわ。遅い昼食だったのよ」

座敷の電話機から料理を注文しておいて、関本は言った。

「実は、このホテルに部屋を予約してあるんだよ。おなかが空いたら寿司もとれるから」

「まあ……用意のいいこと。夜は長いのよ、あまり早いと身体がもたないでしょう?」

「大丈夫。ステーキをしっかりつめてきたから。もうビンビンだよ」

坊主の息子は、もう頭をもたげている。先ほどキャサリンの手を握ってからてらしい。

そこで、関本はキャサリンの手を自分の股間へ導いていって、触らせた。

「まぁ……もうこんなになって」

キャサリンはさすが熟女、それをギュッと握ってから、ポンとその頭を叩いて、「寝てなさい、出番はまだまだよ」と言って、焦る関本を牽制《けんせい》した。

そこへ料理が運ばれてきた。

「さあさ、早く食べましょう」

という関本に、

「まだ八時前ですよ。少しはゆっくりさせてよ」

と悠然と構えている。

「ホテルの部屋でゆっくりすればいいよ」

(このお坊さん、修行ができてないわ)焦る関本がキャサリンには可笑しい。

「いただきます。はい、乾盃」

キャサリンは、ゆっくり食べ、飲みだして、焦らしにかかっている。

「貴女をひと目見て好きになったんだよ。キッスをさせてよ」

関本は、にじり寄って唇を重ねにいった。キャサリンは仕方なしに調子を合わせていく。舌を絡ませあい、かなり激しい口づけとなっていった。関本の手は、彼女の服の下からもぐりこみ、じかに乳房を握り愛撫を始めだした。キャサリンの鼻息も次第に荒くなりだす。

関本は身体を預けるようにしてキャサリンを後ろに倒していき、ムームーの裾から手を入れ、脚の奥に進めようとしたので、キャサリンはその手を押さえて、

「ここでは駄目。ホテルに行きましょう」

坊主が諭《さと》されている。

彼は急いで、レジのほうへ勘定を済ませに立っていく。彼女も身づくろいをして出て行き、勘定を済ませた関本に並ぶと、関本は彼女の腰に手を廻して抱くようにして席をあとにする。

小柄な関本と背の高い彼女では十センチぐらいも背丈の差があるので、その恰好はまるで関本がぶらさがっているように見えた。店員と客が顔を見合わせて、くすくすと笑っているのを知らないのは本人だけだった。

# 第八章　坊主、本性《ほんしょう》を表わすの場

部屋は三十階の展望のよい部屋で、ワイキキの浜辺が遠く望める。

関本には外の景色なんかどうでもよく、部屋に入るなりキャサリンを抱えるようにして、ベッドに押し倒そうとするので、彼女は押し戻しながら、

「いや、その前にシャワーを使わせてよ」

と関本を押しのけてバスルームに入っていった。（まったくムードがないんだから。頼まれたのでなかったら、帰ってしまうわよ）ぶつぶつ言いながら、わざとゆっくりシャワーを使いだす。

（怒ったかな。わしとしたことが、少し焦り過ぎたな。紳士らしくしよう）

一応反省をしたようだが、彼女の顔を見たら分かったものではない。

関本は、急いで裸になり、ベッドにもぐりこんだ。キャサリンはバスルームから胸にバスタオルを巻きつけた姿で出てきて、鏡の前に座ってしまう。

（もう顔や頭なんかそのままでいいのに、ここは我慢だな。普段の修行が役に立ったわい）

なにが修行か、関本は半身を起こして胡坐をかき、ビンビンとなっている息子を自分で握りしめ、キャサリンの成熟した後ろ姿を恨めしげに見ている。

やがて、キャサリンが振り返り、パッとバスタオルを下に落としベッドに近づくと、関本はその裸身のまぶしさにもう限界に達したようで、彼女の両脇に手を差し入れ押し倒すようにして横に寝かすやいなや、脚の間に身体を入れ秘部に顔を押しつけ、匂いをかいでいる。

（ああ……これが白人の匂いか。今日は記念すべき日だな）

なにせ長年の夢が叶えられる瞬間なのだから。

「あなた、なにしてるの……？」

声をかけられ、慌てて舌を割れ目に差し込み、両手はヒップを抱え込み、本格的な愛撫に入っていった。両陰唇を交互に、口にくわえこむようにして上下に動かしながら、ときどき軽く歯を立てている。それをキャサリンは気に入ったらしく、腰を上げぎみにし、揺らしだした。

彼女の女芯は興奮状態になっている。大人の小指ほどあるそれを関本は舌で押し廻すようにしている。

坊主は結構テクニシャンのようだ。きっとこのほうの修行に熱心だったからだろう。

彼女の内股が小刻みに震えだしてきた。

「ああ……とっても気持ちがいいわ」

（わしは合格なんだな）彼女の声に元気づけられ、さらにアヌスのほうに舌を近づけると、

「そこはダメダメ」

腰を大きく振ってから脚を閉じようとしたので、関本はあわてて上に這い上がった。

実は彼女は軽い痔瘻《じろう》を患っていて、そこは少し腫れぎみで、見られるのを極端に嫌っているのだった。

「もう入れてほしいの」

（わしの人生の記念すべき瞬間が来た）関本は息子を右手に持ち割れ目にあてがい、腰を進めしっかり根元まで埋め込み、ほっとした顔になった。彼女は多少演技ぎみに「あっあっ」と声を上げ、関本の背に両手を廻して、しっかり抱きついてきた。関本は素早く出没を始める。

「ああ、硬いわ……」

彼女も腰を上下に揺さぶり、リズムを合わせていった。

関本の亀頭の顎の部分がエラを張った形をしてるのが、膣内を刺激するらしく、彼女はすぐ、あえぎだした。関本は結構女房の目を盗んで芸者遊びをしてきたので、持続させるコツをわきまえている。

キャサリンは、かなり感じだし、息も切迫してきて、両脚を関本の脚に絡ませ、腰を大きく突き上げるようにして、最初のアクメがきたようだ。彼女は数回のアクメを味わったあと、最後のクライマックスに到達するセックスを望んでいるが、その前にダウンしてしまう男がこれ

まで多かったらしい。彼女は少し静止したあと、すぐ腰を激しく使う動作を数回繰り返す。関本は見事に調子を合わせることができている。

「あっあっ、もうだめ……」

叫ぶなり、キャサリンはいちだんと激しく腰を上下させてから、腰を上げブリッジの形となって静止した。

関本も限界に達し、男の悦びを放出した。彼女は小さい痙攣を繰り返して息を整えている。関本も彼女の中に入れたまま、暫く余韻を味わっている。

(満足させることができて、よかったな)

関本がデートの前に一番気にしていたことであった。

「よかったかい?」

「うん、久し振りで満足したわ」

やがて、ゆっくり彼女の上から降りて、側にあるバスタオルで彼女と自分の局部を拭き取り、彼女の局部を眺めてから、関本はまた口を持っていき舌でペロリと嘗《な》めた。

「ひゃっ……また、するの?」

「違うよ、おいしいからだよ」

「さあ、帰ろう」

彼女がおもむろに立ち上がりベッドを降りるのを見て、関本は慌てて、

「なんで？　泊まるんじゃないのか？」

「そんなつもりで来てないの。犬の世話もあり、泊まりの支度もしてないから、今度ね」

「分かった。明日またこのホテルを予約しておくから、待ち合わせはここでね」

「ええ、いいわ」

関本はタクシー代としてキャサリンに数万円握らせて、その夜はおとなしく帰した。そして宿泊しているホテルに帰るのが億劫になり、そのまま部屋に泊まることにして、眠りについた。


一方、日本では墓地販売も、五日めに入り、順調な売れ行きで、あと十数区画を残すのみとなっている。

峰は、次の仕事の調査を進めている。

森田議員の性格はかなり激しいところがあり、それに上に弱く下に強く当たるので、議員仲間うちでは嫌う者が多くいるようだ。周囲の批判なんか少しも気にかけず秘書たちの人づかいも荒いらしい。最近辞めた秘書がいて、峰はその元秘書と接触することができ、かなり詳しい情報を得られた。

森田は、業者と密談をするときは必ず秘書を伴って記録をさせている。のちのちのトラブル防止措置のためらしい。その退職した中村という秘書は常に商談の時に立ち合わされたそうで、その時の会話を密かにテープに取っていた。峰はそのテープを数本預かることができ、そのうちの一本を早速聞いてみると、市役所の上層部の人間とのやりとりが、かなり鮮明に入っている。贈与している金額も明確に出てきて、大変な証拠物である。

峰はそのテープを持参し、元検事で現在弁護士として法律事務所を開いている友人のところへ相談に行き、恐喝と騒がれずに痛めつける方法を練っている。

ハワイでは、キャサリンとの二回めのデートの日を迎え、関本は三時頃から例のホテルにチェックインして、ゆっくりバスを使い、ルームサービスでまたもやステーキとワインを注文しご機嫌でグラスを傾けている。

前々から試してみたいと念願していたアナルセックスを今夜は実行しようとしている。昨夜は努力して彼女を満足させたことが自信となっているのだ。もうなんでも自由になると思い込んでいる。すでに一本めのワインを空にして、二本めに入っている。これでは、彼女が来る頃には、できあがってしまいそうだ。

古賀は、昨夜キャサリンから報告を受け、今夜あたり何か起きそうな感じがして、「問題が起きたら、例のクラブにいるから、必ず連絡するように」と指示を与えておいた。

関本は、今夜の段取りをあれやこれやと思いめぐらし、食欲旺盛に大きなステーキをほとんど平らげ、サラダの大盛りをつつきながら、ワインを傾けている。ワインは二本めもすでに八分めぐらいまで空けてしまった。顔はかなり赤くなり、油ぎった額がテラテラに光っている。

待ちかねたドアのチャイムが鳴った。彼女だ。

「おーい、今開けるよ」

さっと立ち上がったつもりが、ふらっとよろけてしまった。（こりゃ、飲み過ぎたかな）

ドアを開きキャサリンの明るい顔に出会うと、抱くようにして中に招き入れ、

「早かったね」

「そうよ、関本さんに早く逢いたくって」

キャサリンのお愛想に相好を崩して、ソファーに座らせながら、

「そうか、そんなに良かったか」

「家へ帰っても痺《しび》れていたわ」

「わしの息子は優秀だからな、日本でも一度寝た女は忘れられないと言っているよ」

彼女にもワインを飲ませ、いろいろと遊んだ自慢話を始めている。

ワインがなくなったのをしおに、

「さあ、この辺で二人で湯を使うか」

「私は出る時、シャワーを済ませてきたから……」

「いや、一緒に風呂に入り、洗ってやりたいんだよ、さあさあ」

手を取り押し出すように立たせたので、キャサリンは逆らってもうるさそうだからと、バスルームに向かいながら、素早くムームーを足の下に落とし、スキャンティーだけの姿となった。

バスタブにはすでになみなみと湯を入れて、用意してあった。坊主は、部屋着をあわてて脱ぐと、下は何も着ておらず、息子はすでに天井を向いて頭を振っている。それをキャサリンに見せつけるようにして、横抱きにして、バスタブに二人が同時に入ると、ザーッと湯があふれだした。

関本は彼女を後ろ向きにして膝の上に乗せたかたちで抱き込み、両手で両の乳房をすっぽり握りこみ、揉みしだきだした。息子を彼女のヒップの谷間に挟みこんだ形で、亀頭をさかんに揺らし、刺激を与えている。彼女は頭を後ろに反らして、両手はバスタブの縁をしっかり摑んで、腰を小刻みに揺らしている。

ものの十分も経ったろうか。二人は真っ赤な顔となり、関本はつるつるの頭から大粒の汗を噴き出している。

「さあ、出て洗ってあげよう」

バスタブの前に立たせて、両手にボディーシャンプーをなすりつけ、いきなり片方の太股を両手で抱えるようになすりながら付け根まで上がると下に降ろす動作を、二、三回繰り返すともう片方の脚に移り同じ繰り返しをしてから脚を広げさせて、秘部に手を入れようとした。

「そこはシャンプーを入れてはダメよ」

「はいはい、すいません」

素直なもので、シャワーノズルを手にとりシャンプーを落としながら、秘部に持っていき、中指と人指し指とで、谷間を分け内側の粘膜をまさぐりながらシャワーをあてていった。次に突起部に移り、そこにシャワーノズルを近づけて強く当てだすと、彼女はピクンとして、関本の頭に乗せていた両手に力が加わった。

「あっ……すごいわ」

シャワーで当てられるとそんなに刺激があるとは彼女は思ってもみなかった。関本はよく知っているものだ。今度はノズルを後ろに廻しアナル付近に当てながら、谷間に舌を差し込み上下させ愛撫を始めると、彼女は腰を前に押し出しぎみにして、前後に細かく振りだしてきた。

「あ、あー……上手よ」

鼻息も荒くなりだした。関本は、誉められたので夢中になって、舌を使っている。愛液は顎を濡らし、太股のほうまで流れだしている。

「もういい、ベッドに行こうよ」

キャサリンが坊主頭をピチャピチャと叩くと、関本は我に返って立ち上がり、二人の身体にシャワーをかけ直してベッドに向かう。

もう前戯は必要としないので、いきなり重なり合った。キャサリンは足を上げて息子を迎え入れて最初から激しく腰を打ちつけて、早くも最初のアクメが来たようだ。

(これではセクハラにならないわ、どうしよう)

目を閉じ小休止しながら、考えてしまっている。

数分後、関本は彼女の身体を抱えるようにして、

「今度はバックでさせてね」

と言う。それに応じてキャサリンは身体を廻すようにして腹這いとなり、ヒップを突きだした。

彼女は足が長いので関本は立ったかたちで谷間に亀頭をあてがい、一気に腰を進め深々と打ち込んで、大きなヒップを両手でわし摑みにして、引き寄せるようにして腰を使いはじめた。

彼女もリズミカルに動きを合わせていった。関本はアナルを眺めながら、いつそこに移ろうかと狙っている。五分ぐらいの律動で、かなりの愛液があふれ出してきて、アナル付近まで濡れてきた。

(もう、いいだろうな)

関本はまず愛液を指ですくって、アナルの縁にそっと塗りつけてた。そのアヌスの縁が少し盛り上がっているのを見て、外人女性の特有のものかと思ったようだ。

関本は、いきなりペニスを膣から抜き出した。

「あら、どうしたの?」

関本は無言で素早くアヌスに亀頭をあてがってグッとめりこませ、ペニスが中ほどまで入ってしまった。

「ギャ……痛いッ……！　やめて、やめてよ」

彼女は腰を振って起き上がろうとする。関本はそうはさせまいと背を両手で押しつけるようにして、さらに腰を進めようとしている。アヌスの中は狭くきしんでいるのでスムーズには入るはずもないが、関本は大きなヒップを両手で鷲づかみにして腰を進めだす。彼女は額に冷や汗を浮かべ、必死にもがき、本気で暴れだした。

関本はそれでも、今まで経験したことのない、あまりの気持ちよさに夢中で、図々《ずうずう》しくも押し入れようとしている。

彼女は渾身の力で腰を大きく振って、関本を振り落とした。

関本はベッドから落ちそうになって、あわててシーツを掴んで座り込んで、（さっきまであんなに喜んでいたくせに……）と、なぜそんなに急に拒まれるのか訳が分からず、あっけにとられた目をして、彼女を眺めている。

アヌスからは少し血が出ている。キャサリンは本気になって怒りだして関本を睨むと、素早くはね起き、ティッシュを股に挟みスキャンティーを履くと、ムームーをさっとかぶるようにつけ、バッグを掴みその場を蹴るようにして出ていってしまった。関本はベッドに座りこんで、彼女の動作を唖然として見ている。

なんで彼女がそんなに真剣に怒ったのか、全然分かっていないようだ。

(分からない……)と坊主頭を振っている。

キャサリンはタクシーを拾って、古賀が待機している《オハナ・マウイ・クラブ》に向かう。

タクシーの中で、アヌスがあまりにヒリヒリするので、そっと挟んでいるティッシュを取りだしてみると、血で染まっている。それを見たら、ますます怒りがつのってきた。これで、彼女の役目の、坊主をセクハラに陥れる作戦が成功したことなんか、少しも頭に浮かばないようだ。それほど今は怒り心頭なのだろう。

クラブに入り、古賀の顔を探していると、いち早く古賀が気づき、なんでキャサリンがここへ来たか、すぐ気がついたようだ。キャサリンは、古賀に抱きつくなり、涙ぐんでしまった。

古賀は、(彼女はセクハラ作戦に成功したな)と悟り、店の中ではホステスや他の客の耳があるので、彼女を抱えるようにして、

「ママ、ちょっと出てくるよ」

断って例の寿司屋の奥座敷に落ちつかせる。

「何があったんだ。キャサリン」

「はい。今夜は直接ホテルでのデートだったの。バスを使い、中で少し愛撫されて、すぐベッ

ドで最初は普通のセックスでしたが、すぐバックにさせられて、バックのセックスをしていたら、いきなりアレをアナルに入れてきたのよ。私は初めてなので、びっくりしたのと、痔を患っているので、それは飛び上がるほど痛かったので、『よして』と頼んでも強引に身体を押さえつけて押し込んでくるのよ」

「それで、どうした？」

「ですから私も本気で押しのけようとしたのに、ヒップを摑んで、まだ押し込もうとするので、振り落としてきたの。ティッシュを挟んできたのを見ると血で染まってて、今でもそこがヒクヒク痛むの」

「それは早く消毒して治療してもらったほうがいいな。友人の医者がいるから、遅い時間でも特別に治療してくれると思うよ。電話をしてくるから、待ってなさい」

幸い医者は在宅していて連絡が取れ、(すぐに来なさい)と気安く引き受けてくれた。

「さあ、連絡がうまく取れたから、行こう」


古賀に連れられてキャサリンが行った病院は産婦人科の個人医院であった。

診察の結果、アナルの縁に二カ所亀裂が入っていた。診断の結果、全治一カ月とのことであった。診断書を書いてもらい、キャサリンに、

「これは大変なセクハラと傷害事件になるよ。暫くここに治療に通いなさい。今夜は帰って早

く休んで、明日の僕の連絡を待ちなさい」

古賀は、関本の性格を聞いた時、馴れるとSM的なセックスを強要するだろうと踏んでいた。その時をセクハラされたとする考えで、キャサリンにも耳打ちしておいたのだが、こんな暴力的な結果になるとは、思ってもみなかった。

(可哀そうなことをしたな。これなら慰謝料を大きく踏んだくれるだろう)


一方、関本のほうは、中途半端なセックスに終わったので、イライラして冷蔵庫からビールを取りだして飲みながら、これからどうするかと考えている。

(そうだ、ナンシーを誘ってみよう。この間はかなり好意的だったから、なんとかなるかな)

と思い立つと、素早く着替えてクラブへ向かった。

クラブに入るなり、キョロキョロと見廻してナンシーを探した。日本の商社マンらしい客に接客中の彼女を見つけると、関本は厚かましくも、つかつかとその席に向かっていったではないか。

ナンシーがその姿を見て、(キャサリンと何かあったのか。まずいな)と思っていると、関本はとことことナンシーの左隣が空いているのを見て、そこにドカンと座りこんでしまった。

「アノ……、ココハ、コマリマス」

「いいから、わしはここでいいんだ。ブランデーを貰うかな」

独り言を言って、ボーイを手招きしている。そばの日本人の客がビックリして、

「お坊さん、そこはまずいんだよ」

と注意すると、

「なーに、わしはナンシーと知り合いだから、いいんだ」

と聞く耳を持たない。関本の恰好はハワイに着いてから買ったハイビスカスの花を散りばめたアロハ姿で、丸坊主の頭の恰好を見ると、誰が見ても生臭坊主である。

ママが飛んできて、

「関本さん、向こうにお席を作りますから。それにナンシーは先約の接客中です。別の女性をつけますから……」

と言っても動こうとしない。なにせ、坊主は夕方から飲みつづけた酔いと、セックスが中途半端のイライラが重なった精神状態だから、始末が悪い。

「いや、わしはナンシーでなくては駄目だね。それかママかだ」

それを側で聞いていた商社マンが、

「お坊さんよ、あんたは観光で遊びに来たんだろう。もう少し品良くしなさいよ、日本の恥さらしだよ」

彼は、言ってしまってから（少し強く言い過ぎたかな、からんでくるかな）と思ったのだが、案の定、坊主は真っ赤な顔となり大きな声を出して、

「お前さんに、説教される覚えはないよ。自分の金で遊んでどこが悪い。お前たちみたいに、会社の金で遊んでいる連中が多いから日本は不景気になるんだ」

坊主はとんでもない言いがかりをつけてきた。さあ、商社マンも納まらなくなった。

「なにを！　自分の金だなんて、どうせ信者から吸い上げたあぶく銭だろう、汗で稼いだ金ではないから、惜しみなく使えるんだ。坊主はこのような場所に遊びに来てはならないんだ。分かったら帰りたまえ」

さあ、短気な坊主だから収まらない。

「貴様、どこの会社の者《もん》か！　日本に帰ったら言いつけてやるぞ。出張かなにか知らないが、毎晩遊んでいるんだろう」

「なに……このくそ坊主。お前こそ、どこの寺か。信徒に言いつけるぞ」

そこにママとボーイが割って入り、

「お二人とも、いいい加減にしてください。他のお客の迷惑になりますので」

他の客はどうなるか面白がって耳をそばだてている。商社マンは大人げないと反省して、

「どうも、すみません」

すぐ引き下がったが、坊主のほうは血が昇ったままで収まらないようだ。

ポケットから分厚い財布を取りだして、五万円ほど抜き出して、ナンシーの乳房の谷間に挟み込んで、手を引っ張る。

「さあ、向こうの席へ行こうよ」

ナンシーが関本のしつこさに辟易しているところに、古賀が戻ってきた。

ママがすぐ側に来て経緯を説明すると古賀はびっくりして、ママに、

「すいません、すぐ連れ出しますから」

と謝り、関本に向かって、

「あんた、なんてことをしてるんだ。紹介した私が恥ずかしいよ、さあ出なさい」

手を取り引っ張ると、古賀には世話になっているので、しぶしぶと立ち上がり、「ママ、ごめんなさい」と頭を下げている。

ナンシーが胸からお金を取りだして、

「ハイ、カエシマス」

テーブルの上に放り出すと、周囲の人たちから口々に、「貰っておきなさい、嫌なことをされた慰謝料だよ」と声が挙がる。

坊主はチラッと見ただけで金は受け取らず、古賀に従って出ていった。

古賀は関本を連れて二十四時間レストランに入り、椅子に向かい合い、冷たい飲み物を注文してから、おもむろに話しだした。関本は、古賀からキャサリンがケガをして治療を受けるよ

うになったことを聞くと、びっくりして、いっぺんに酔いが冷めていった。

さらに、アメリカはセクハラに大変に厳しい国柄で、起訴されたら間違いなく罪になるだろうとの説明で、初めて大変なことをしてしまったことに気がついたらしく、

「古賀さん、力になってくださいよ。お礼は充分しますから……」

と急に下手に出てきた。

(なんだ、こいつは。自分のしてしまったことの反省もなく、なんでも金で済むと思っているのか。峰が懲らしめようとターゲットにしたのがよく解った)

「まあ、できるだけのことは協力しますがね。今夜はおとなしくホテルに帰って、明日は外出しないで待機しててください」

それだけ話すと、古賀は関本をタクシーに乗りこませて、ホテルに向かわせた。

関本はキャサリンとの逢瀬にチェックインしていたホテルを精算して、家族の居るホテルに向かった。部屋に入りベッドに潜り込もうとしていると、隣のベッドに寝ている女房が目を覚まして、

「あなた、夕べはどこに泊まったのよ。今夜は抱いてよ」

「疲れているから駄目だ」

もう性欲どころではない精神状態なのだ。だが、女房も収まらない。

「ふん、好きなことばかりしてるくせに」

今の彼は女房の機嫌をとるどころでなく、あれやこれやと、どのようになるのか心配でなかなか眠られず、ゴロゴロと寝返りばかり打って、明け方近くになってやっと眠りについたのだった。

# 第九章　坊主に鉄槌《てっつい》の場

翌朝、古賀は弁護士のジョン高田に電話を入れて、簡単に昨夜の経緯を話して、「これからキャサリンを連れていくけど、都合は」と聞くと、

「ああ、待っている。それは大変だったね」

もともと峰から依頼された《出来レース》だから、別に驚くことではないが、予想もしない本物のセクハラと傷害事件になってしまったので、キャサリンには可哀そうだったが、ジョン高田にはむしろ好ましい方向になった訳である。当初は、作られたセクハラ問題で、慰謝料を脅したりすかしたりして取り上げる予定が、本物の事件となってしまったので、ジョン高田としては、すっきりした気持ちで坊主を追い込むことができると、ホッとしたのも事実だった。

古賀がキャサリンを迎えに行ってジョン高田の事務所に着くと、彼はすぐ所長室に招き入れ、詳細にわたりキャサリンから昨夜の情況を聞き、病院の診断書を預かり、早速関本のところに交渉に行くことになった。

キャサリンを昨夜の病院へ送っていき、治療してもらうこととし、ジョン高田には古賀だけが同行することになり、シェラトン・ワイキキ・ホテルに向かった。

ホテルに着いてフロントで関本の呼び出しを頼み、ロビーの脇にある待ち合わせ用のソファーで関本の降りてくるのを待っていると、関本は背広姿に身を調《ととの》えて古賀たちの前に立った。

古賀の簡単な紹介で名刺の交換をすると、三人は席を一階の喫茶室に移した。

ジョン高田はまず自分の来た立場を説明して、

「これが、昨夜治療をした診断書です。キャサリンさんは、身体も心も傷ついております。傷もこのとおり、一カ月の治療を要するとあります。それで、彼女としては貴男を訴えると申してます」

「……」

関本は救いを求めるかのように古賀の顔を見るが、古賀は横を向いたままにしている。

「聞くところによると、最初は合意のようだが、途中から彼女の嫌がる行為をしだして争いとなり、貴男が強引に目的を達しようとしたので、このような傷を与えてしまった。彼女は訴えたいと私の事務所に相談に来ましてね。私が彼女の代理となって、示談の方法もあるので交渉に来ました」

「……」

「訴訟を起こされたら、貴男は直ちに警察に引っ張られ、拘留されてしまいます。それで、裁判となったら、アメリカでは女性に対する暴力には厳しい判決が出ますから、まず三年や四年は帰れませんよ」

関本は最初のうちは落ちついた態度で、タバコを口にしていたが、だんだん顔が青ざめ、終いには貧乏ゆすりを始めた。彼は、極度に緊張すると、貧乏ゆすりをする癖があった。

「あの……ぜひ示談にもっていってください。金額は問いません。先生、何とぞお力を貸してください」

両手をテーブルにつけて深々と頭を下げ、なかなか上げないでいる。

「顔を上げてください。話が見えませんから」

関本は頭を上げると、その額《ひたい》にビッシリ汗をかいている。

「あの……アメリカではどのくらいの金額になるんですか」

「このような事件が、アメリカの本土で最近ありまして、あるタレントが起こした事件ですが、示談が成立して数十億円の慰謝料でしたよ。日本と違って、こちらは高額のケースになることがありますから」

「うへぇ……とてもとてもそんな金はありませんよ」

「とにかく彼女と相談しまして、明日また伺います。訴えることは一応止めますから」

「先生、よろしくお願いいたします」

関本に彼女の状態とアメリカの実情の説明をして、ジョン高田と古賀は引き上げていった。

その様子を関本の女房が柱の蔭のほうで見ていた。

亭主が朝から正装して出ていく姿をベッドの中で目を覚ました時に目にしたので、あとを尾け様子を見に来たのだった。

関本が青菜に塩といった体で部屋に戻ると、あとから女房が上がってきて、

「あんた……今逢っていた人たちは誰なの？　さかんに謝っていたようだけど、何があったのさ」

「うん、昨夜、酒の上で争いを起こしたことで、示談の件で先方の弁護士が話し合いに来ただけだよ」

その場は女房の疑いをうまくかわしたが、いずれはバレてしまうだろう。

関本は、先ほどの示談金の例の話は特殊な例で、（多分一千万円ぐらいで済むのでは？）という心算《つもり》になっている。その訳は、日本で起きたセクハラ問題で高額の慰謝料が二百万円ぐらいだったというニュースを記憶していたからだ。女房には本当のことは知られずに済ませられると判断したようだ。（持ってきた現金とトラベルチェックでなんとかなるかな）と踏んで、（女房にはあくまで酒の上での喧嘩で押し通すことができそうだ）と見極めができたので、ほっとしている。

「まったく、あんたは飲み過ぎるとすぐ調子に乗って、威張りだすんだから」

「うん、悪かった。気をつけるよ」

関本は背広から浴衣に着替え、ベッドに上がると、「おまえ、こっちに来ないか」と女房を誘った。

「何よ、こんな時間に。子どもたちも起きてくるのよ」

「大丈夫だよ、《起こすな》の札をかけてくるから」

女房もハワイに来てから放っておかれていたのと、昨夜の誘いを断わられたこととで身体のほうがくすぶっていた。すぐその気になって、パンティー一つの姿になってベッドに上がってくる。

「あんたは、もうどこかの店の女を抱いたんでしょう？」

「初めての国で、そんなに早くできる訳がないだろう」

女房を抱き寄せて、秘部をまさぐりながら、

(昨夜は失敗だったな。あんなことをしなかったら、まだ付き合えたのに。いい女だったな)

と考えている。まったくどうしようもないオメデタ男だ。

「貴男、それはもういいから、早く入れてよ」

女房も女房で単純に信用して、自分の欲望にのめりこむ。どうしようもない夫婦だ。関本は、昨夜は中途半端だったので、最初から激しく腰を打ちつけていった。ものの五分も経たな

いうちに、女房は早くも息を荒くし、腰を大きく押し上げてくる。

そこに電話のベルが鳴りだした。

夫婦ともビクッとしたが、女房は、

「放っておきなさいよ、子どもたちよ」

腰を振り、続きを催促するが、問題を抱えている亭主のほうは、(昨夜の件かもしれない。出ないとまずいか) と気になりだし、動きを止めて、受話器を耳に当てて「はい……」。

「フロントですが、今警察の方が面会に見えていますので、お願いします」

(えっ？　もう訴訟を起こしてしまったのかな。弁護士は示談に持っていくと約束したのに)女房にも聞こえたらしく、「なんだろうね」と心配顔だ。

亭主のほうは、途端にセガレが萎《しぼ》んでしまって、するりと抜けてしまった。

「あら……、どうしたのよ。もうすぐなのに」

「下に行かなければ。今夜、償いをするよ」

関本は急いで普段着を身につけると、急ぎ足で部屋を出ていった。

フロントの前に二人のポリスが立っていた。

「あの……関本ですが」

「関本さんですか。お宅に十七、八歳ぐらいの男の子がいますね」

「はい、長男がおりますが」

「実は、未成年者のマリファナ・パーティーをしている情報があって内偵していて摘発に踏みきり、三名を参考人として取り調べたところ、お宅の息子さんの名が出まして。一応、署まで同行してもらいに来ました」

それを聞いて関本は、自分のことでないのでホッとしたが、またとんでもない問題を抱えてしまってどうしたらいいのか、とにかく息子を連れてくるのが先決だと思った。

「分かりました。今せがれを連れてきます」

(なんでこんなことになってしまうのかな。信心を怠った罰かな)坊主らしい反省をして、やっと正気に戻り、子どもの部屋に入るなり、まだ寝ている息子の毛布を剝ぎ取って、

「起きろ、下に警察がお前に用があると来てるんだ」

「なんでだよ。俺はなんにもやってないよ」

「馬鹿。マリファナをやっていることが、バレたんだよ」

「エッ？　まずいな。でも二回ぐらい誘われて参加しただけだから、説諭で済むんじゃないかな」

「いいから、早く行け」

「わかったよ」

息子は起き上がり、そそくさと着替えをしている。長女の由理子が聞いていて、

「お父さん、まずいわよ、逮捕されるかも。お父さんが付いていってやらないと」

「分かっているよ。何かあったら、電話をするから」

そこへ女房も浴衣を引っかけて顔を出した。

「何があったのよ?」

亭主からひと通りの説明を聞くと、

「まったく男どもは何をやってるのよ。楽しい旅行が台なしよ」

ぷんぷんして部屋に戻っていった。関本は未成年者の保護者として同行を願い、息子とともにパトカーに乗り警察署に向かった。


一方、峰にはハワイの古賀から連絡が入った。関本の情況とキャサリンの件を伝えて、ジョン高田から示談金は「二億円でどうだろう」との打診があったことでの問い合わせであった。

「それは、キャサリンには気の毒なことをさせてしまったな。示談金については、そちらの国の通例があるだろうから、任せるよ。坊主の隠し預金は四億近くあるようだから、問題ないよ」

「分かった。その旨、ジョンに伝えておこう。示談金の送金は、うちの会社で為替処理をする段取りをとるから、大丈夫だよ。彼らの帰国は早くて三日後には、こちらを立たせられると思

うよ」

「よろしく頼む。こちらは墓地販売を明日でほぼ完了する見通しだ。また、その結果報告の連絡を待っているよ」


関本の長男の警察での取り調べは、初犯の未成年であるので拘束されず、罰金で済むことになったので、関本は一応ホッとして、（あとは自分の問題が穏便に済めば、無事帰国の途につけるのだ）と腹の中で願っている。

関本は息子義彦の取り調べが済むまで、待合室のような部屋で待たされた。

三時間ほど待たされ、息子が肩を落として取り調べ室から出てくるのを見て、（大分絞られたな。これで懲りて真面目になるだろう）と、自分のことは棚に上げて、まともな父親の顔をしてみせた。

関本親子がホテルに着き、部屋に入ると女たちが待ち構えていた。

「あんたたちは、どうなっているのよ。せっかくのハワイのバカンスが台なしじゃないのよ」

女たちは声を揃えて叱りつけてくる。彼女たちは、義彦がどうなるのか一応心配なので、外出せずホテル内で過ごしていたので、余計いらいらしていた。あとで、亭主の示談内容と慰謝料の金額を知ったら、気がおかしくなるかもしれない。

夕食は、おとなしくホテル内のレストランで簡単に済ますことになった。

四人で三十階にある展望が素晴らしいレストランに席をとる。簡単といっても一流ホテルだから、それなりの食事となる。気分直しにワインでも飲もうかということになり、料理が並べられ、一応ワインでゲンなおしの乾盃をして、料理に手をつけだしたところに、フロントからの連絡だとボーイが電話口に関本を案内した。

「今、弁護士のジョン高田さんが見えてますが、喫茶室で待ってもらいますか？」

「いや、今すぐ部屋に戻りますから、部屋の前で待つように伝えてください」

食事は途中であったが、皆には「今お客が来たので、先に部屋に帰るが、みんなはゆっくりしていなさい」と早々に部屋に戻っていった。

関本は、できることなら家族の耳に入れずに済めばと、あわてている。

すでに夫婦の部屋の前に来ていたジョン高田を招き入れ、関本はテーブルを挟み相対して座り、

「どのようになりましたか？」

「なんとか、訴訟はとり止めて、示談で処理することが決まりました」

「それは、よかった。先生に感謝します。それで示談金はいかほどですか？」

「ええ、アメリカの相場としては、比較的まあまあの金額で、二億円と決まりました」

関本は、考えていたより一桁上なものだから、びっくりしすぎ言葉を失ってしまった。

「エッ？　……そんなに高いんですか？　私にはそんなお金、ありませんよ」

「あなたね、ここはアメリカであることを忘れては困りますよ。それと、あなたの資産を調べさせてもらいましたよ。この金額を支払っても、まだ半分近く残ることもね」

「……」

「いいですよ、訴訟に切り替えても。貴男は拘束されて長い裁判のうえ、示談で落ちついたにしても、もっと高い金額の決定となりますよ」

「ううん……もう少し負けてもらえませんかね」

「あんたも御《ぎょ》しがたい人だね。そもそも僧侶の身でありながら、こんな事件を起こして、表面化したらマスコミから叩かれ、日本にも知られ世論から叩かれてしまいますよ」

「……」

その時、ドアを激しくノックする音がした。（ああ、女房が来たな。参ったな）関本が仕方なくドアを開けると、勢いよく女房の政子が入ってきた。

「私にも聞かせてください」

と言うと、側のベッドに座り込んでしまった。

「お宅が弁護士さんですか？　私はこの人の家内ですので、一緒に聞かせてください」

「はい、弁護士のジョン高田です。このたびはお宅のご主人が、ある女性とトラブルを起こし、その代理人となって示談金の交渉に来て、今その金額をお話ししたところです」

女房は亭主に向かって、

「あんた、お酒の上のトラブルってのは、このことなの？　詳しく話してよ」

と詰め寄った。

「……」

「ご主人、いずれ知れることですから、私から話しましょう」

関本は横を向いたまま「どうぞ……」と開き直っている。

「その女性は、現在離婚問題が起きていてご主人と別居中の人で、お宅のご主人とクラブで知り合い意気投合したのか、ホテルに入りセックスに至ったのは合意だったようですが、それがよく解りませんが、お宅のご主人はひどいセックスを強要して乱暴におよんでアナルに怪我をさせてしまい、全治一カ月との診断でした。彼女は最初、訴訟を起こす考えでしたが、旅行者であるし、裁判は長引くからと示談にすることに説得しまして、金額の提示をしにきたのです」

「まあ……あんたは、なんてことしたのよ！　それで示談金はお幾らなのですか」

「今その金額を話し合っていたところでしてね……。彼女と相談の結果、『二億円』となりまして、それをご主人は負けてほしいと言われましてね。まあ、二千万ぐらいは引くことができると思いますが、この金額はアメリカでは決して高くはないんですよ」

「うわあ……すごい金額ね。あんた、家は破産じゃないのよ……もう、情けない。一緒に部屋にはいられませんッ！　もう顔を見るのも嫌ッ!!」

言うや、ドアを蹴るようにして出ていってしまった。

「今も奥さんに話したとおり、一億八千万円でなら話をつけられると思います。明日午前中、また来ます」

「よろしくお願いします」

関本はもう観念したようで、深々と頭を下げてた。

「示談書も作成してきますから、その足で一緒に古賀さんの事務所に行って、為替処理をすることになりますから、その用意もしておいてください」

ジョン高田はホテルをあとにし、古賀のオフィスに向かった。金額については、キャサリンはお任せで相談する必要はなく、この件は古賀と峰に報告して承諾を得れば済むことであった。


古賀は支店長室で待機していた。ジョン高田の顔を見るや、

「いや……ご苦労さん。話はつきましたか？」

「一応、本人には納得させました」

ジョン高田の返事に、古賀は席を立ってきてそばのソファーを指し示した。

「では、明日にでも処理できますか」

古賀も向いあった席についた。

「そのつもりですので、よろしくご用意のほうを……」

「東京の本社にいる私の前の部下に申しつけて、為替の準備をさせます」

「明日、坊主に当社の銀行に電信で振り込ませて、その確認ができたら、ハワイへの送金をさせます」

「これで、一段落ですね。私はキャサリンのところへ行って、様子を見ながら慰謝料の金額の交渉に行ってくるよ」

峰から依頼されていた金額は、二億円前後を示談金の目標としてほしい、その結果の半分を峰に戻し、あとは、そちらで慰謝料とジョン高田と古賀の手数料に分けてほしいとの約束であった。ジョン高田はキャサリンには慰謝料として五千万ぐらいと考えていたが、怪我もして本物のセクハラになったので、七千万で納得してもらう腹で、彼女のもとへ向かった。

「元気そうだね。その後の経過はどう？」

マンションの応接室で、ジョン高田とキャサリンはテーブルを間にしての話し合いに入っていった。

「ええ、もう治療には通わなくてよくなったのよ」

「それはよかったね。それにしても大変だったね。あの坊主が、そんな癖を持っているとはね」

「私もびっくりしたけど、結果は無理にセクハラらしく芝居をしなくて済んだので、これで良かったと思っているの」

「そのように受け取ってくれると、ありがたいな。実は慰謝料の金額の相談に来たんだけど、ざっくばらんに申しますが、怪我の分も含めて七千万円でどうだろう？」

「そんなに戴いていいのかしら？　その中からジョンさんの手数料を取っておいてください」

「いや、私は別に手数料を戴くことになっているから、貴女が全部取っておいてください」

「こんなアルバイトをさせてもらって、皆さんの段取りに乗せてもらっただけで、私も少しは楽しませてもらいましたから……」

「では、一両日中に決着がつくと思いますから、また連絡します」

「ありがとうございます。日本の峰さんにもよろしく伝えてください」

「これからもう一度古賀さんのところに行き、貴女のことを報告します。その時に日本の峰さんにも連絡しなければならないので、伝えておきますよ」

「ところで、私たちの離婚の調停は、進んでいるんですか」

「それが、なんとかかんとか、先方が会うことを避けてましてね。極力早く片づけますよ」

「古賀さんに、たまには連絡をしてくださいと伝えてくれませんか？」

「はい、強く言っておきますよ。では、きょうはこれで失礼します」

早々にジョン高田は古賀のもとへ引き上げていった。

古賀とは《鮨忠》で待ち合わせることにしてあった。

《鮨忠》の奥座敷で古賀とジョン高田は寿司をつまみながら示談金の処理のことで話し合いを始めた。

「では、キャサリンは了承したんですね」

「それが、かえって感謝してましたよ。楽しませてもらって、思わぬアルバイトができたとね」

「ほう、そのように受け取ってくれてましたか。これで気が楽になりました」

「傷のほうも、大分よくなっているそうです。治療にも行かなくてよくなったそうですよ。それから、たまには貴男から連絡がほしいと。お安くないですね」

「いや……そんなことまで貴男に頼んだのですか、まいったな」

「手数料の件ですが、ざっくばらんに申します。二千万を折半でどうですか」

「それはいけません。ジョンさんはご商売ですから、私は五百で結構です」

「商売といっても、こんな楽な仕事でしたので……では、一千五百を貰っておきます。あなたは五百ということでよろしいですか」

「分かりました。では明日午前中に処理しましょう。関本を連れてきてください。では、これから峰にこれまでのことを連絡します」

古賀は携帯電話を取りだしながら言った。


「もしもし、古賀だが、今話ができるか?」

――大丈夫だよ。その後どうなった?――

古賀は要領よく経緯を説明し、示談金の分配のこともそのまま報告する。

峰はキャサリンの怪我を心配して、その後の様子を気にしている。

「今、ここにジョンがいるけど、今日、示談金の話し合いに行った時、その後の様子を見てきてくれてね。大分よくなって、治療にも行かなくてよくなったそうだ」

――それはよかった。彼女の怪我をした分の慰謝料は、予算内で賄えるのか――

「その点もこちらで提示した七千万で、彼女は充分満足してくれたそうだ。かえって、楽しませてもらって、こんなに戴いてはと感謝してるそうだ。まったく気のいい女《ひと》だよ」

――古賀よ。うんと可愛がってやるんだな――

「余計なことを……。それで、峰はいつ、こちらに来られるんだ?」

――墓地販売は無事予定どおり完了して、明日の撤去作業で終わるので、五日後ぐらいにはそちらに発つよ――

「分かった。あとは、こちらへ来てからだな。ジョンもよろしくと言っているよ」

——では、あとのことを頼むよ——

　古賀はジョン高田のほうに向き直って峰との連絡を報告する。

「今お聞きのように、五日後には来るそうですよ」

「では、今夜はゆっくり飲みますか」

「そうしましょう。話は変わりますが、高田さんに当社のハワイ支店の顧問弁護士をお願いしたいのですが……。今まで一人おりましたが、本人の都合で帰国することになったんですよ。いかがでしょう？」

「それは結構な話ですね。私のほうはよろしいですよ」

「では早速、本社に連絡を入れておきます」

　二人は、貝の刺身の盛合せを肴にして、日本酒をかたむけながら顧問依頼の件の内容を話し合っている。


　その頃、関本一家は、ホテルの一室に集まって、話し合いというよりも女たちが男どもへの総攻撃をしていた。

「私たちは、明日は好きな物を買いますからね。貴男のカードを出しなさい。二人の問題で帰る日が延びるようでしたら、私たちは先に帰りますからね」

と女房が言えば、娘も調子に乗って、

「私も前から欲しかったバレンチノのハンドバッグと靴を買いますからね。あんたたちの無駄遣いから見れば、可愛いもんでしょ?」

「……」

父親は無言で、二人を睨みつけている。怒鳴りつけることもできずにいるが、腹の中は煮えくり返っている。内心では、

(わしが集めた金だ。どう使おうと、わしの勝手だ。この時とばかり図に乗りやがって。女遊びができるのは男の甲斐性なんだ。でも、いい女だったな……二度とあんな女を抱くことはできないだろうな……)

(そうだ、示談金を払ったら和解したことになるのだから、謝罪をするとして、また逢えるかな)

などと怒りと空想をないまぜにしている。

さんざん文句を並べられているというのに、まったく度《ど》し難《がた》い男だ。

# 第十章　仕上げは上々《じょうじょう》の場

峰が墓地売り出しの現場に着くと、すでに仮事務所の解体が始まっていた。

「やあ、ご苦労さん。予定より早く終わったね」

「はい。でもいまだに《次の売り出しはあるのか》と何件も問い合わせが来てますよ。残りの土地も処分しますか？」

「いや、それはまずいのだよ。坊主が帰ってきて、売られた土地を見て騒ぎになっても、最終的には残りの土地が鎮静剤の役目をして騒ぎがそれほど長引かないで済むからね」

安田の問いに峰は丁寧に説明をする。

「ああ、そのためでしたか。なーるほど」

そこに理加が売上台帳と客の名簿を持ってきて、説明を始める。

「最終的に、墓地区画数を増やして二百にしましたので、販売価格が七十万ですから一億四千万の売り上げになりました。六〇パーセントが現金で、残りの購入者はローンを組まれました。現金はすべて○○信金に預けてあります」

「そう、ご苦労さん。アルバイトの人たちは片づけが終わったら、約束の手当を支払って帰しなさい。明日ですべての処理を済ませますから。明後日あたり関本の家族が帰るようだよ」

「ああ、そうなんですか。それでハワイで計画したほうは、うまくいったんですか」

皆にはセクハラで坊主を痛めつけたことはまだ内緒にしてあり、皆はリゾートマンションの不動産詐欺を仕掛けたと思っている。峰のことを信頼しているようで、細かいことは聞いてこない。

「予定よりうまくいってね。無事仕掛けは完了したよ。私はこれから銀行に行って、西村ときさんに戻すお金の処理をしてくる。和食の《華》に座敷を予約してあるから、片づけが終わったら、先に食事をしておいてと皆に伝えてください」

峰が○○信用金庫のドアーを入ると、目ざとく担当者が気がつき奥の応接室に案内した。続いて支店長が入ってきた。

「このたびは、私どもをご利用していただきまして、ありがとうございます」

「いや……、こちらこそ、大変協力してもらいまして、助かりました」

「もう、すっかり片づきましたか？」

「はい、今日仮事務所の撤去作業をさせまして、それで終わりです」

「それは、それは……」

「ところで、今日伺ったのは、六千万円の銀行小切手を出してもらうためなのです」

「分かりました。今用意させます。それから、先ほどローン会社から振り込みがありましたよ」

「そうですか。それと、二、三日したらハワイから九千万の送金がありますので」

「えっ？　まだ入金があるのですか。定期に組み込みはできませんか？」

「ある程度はできますけど、また検討したうえで連絡しますよ」

「次のお仕事もぜひ、当金庫のご利用をお願いしますよ」

「一行集中にしていいのか、分散したほうがいいのか検討中です」

「一行にしておいたほうが秘密は守られ、安全ですよ。その点、当方なら安心してお任せください」

「分かりました。考えておきます」

(まったく銀行は都合のよいことになると、調子がいいのだから)

峰は小切手を受け取り、銀行を出てその足で西村宅へ向かった。西村宅は、墓地販売した位置から百メートルばかり離れた静かな住宅地にある。

西村ときは、もともと一人娘で、同市の役所に勤めていた時に、同課の上司の係長の男性に見初《みそ》められ結婚して、男に婿に入ってもらったが、子どもはとうとうできなかった。その主人が役所を定年退職してから、好きな温泉旅行を二人で時々楽しんでいたが、いつからか夫は食道癌に侵されていたという。検査で癌が発見された時はすでに手遅れで、薬で抑えていたが五年ほど前に入院となり、一カ月ほど治療を受けたところで他界したのだった。ときの身内は、遠い親戚はあるようだがほとんど交流がないらしいことを、峰は調査で知った。

すでに八十歳も過ぎ、最後の老後の生活をリゾート的な介護のある養老院式のマンションに入りたいと希望し、その費用にあの千坪の土地の売却をあてにしていたが、それを悪徳坊主の関本に安く取り上げられて悩んでいたのであった。

「ご免ください。西村さん、おいでになりますか?」

玄関に鍵がかかっていないので、ガラスの引き戸を開け、大きな声で呼び掛けた。するとと奥のほうから「はーい」と返事があり、ときが手を拭きながら出てきた。

「いらっしゃい。今梅酒を漬けてましてね。さあ、お上がりください」

「お元気そうですね」

「お蔭さまで、このところ調子がいいんですよ」

茶の間のテーブルを挟んで出された座布団に座ってから、峰は墓地の販売が終わったことを告げ、

「それでですね。その売り上げの約半分をここにお持ちしました。どうぞ、受け取ってください。お金は銀行小切手にしてありますから、銀行に入れるとすぐ現金化できます」

銀行の封筒ごとテーブルの上に差しだすと、

「前にその様なお話をされてましたが、本当なのですね」

差し出された封筒から小切手を取り出し老眼鏡を掛けると、数字を見て驚いた顔になった。

「こんなに沢山戴いて、宜しいのですか……」

「どうぞ収めて下さい。それだけあれば、ケア付のマンションか、温泉付の養老院の権利金として充分だと思いますよ」

「有難う御座います。これで本当に安心しました。あとは主人の年金が入りますので、何の心配もなくなりました」

深々と頭を下げ、何度も何度もお礼の言葉を繰り返している。

「それから、このお金のことは誰にも絶対に話さないで下さいね」

「あの、領収書を書きますか」

「いりませんよ、それと小切手は早く銀行に入れた方がいいですよ、手元にいつまでも置くのは無用心ですから」

「分かりました、今日にでも入れておきます」

峰は細かい説明と指示をしてから西村宅を出て、皆が食事をしている《華》に向かった。

「みんな、ときさんが大変喜んでね。よろしくとのことだよ。おや、まだ飲んでないの？」

「先生が戻られてからと、皆の意見だったんです」

「では、乾盃しましょう。誰かビールを頼んできてくれや」

ビールが揃ったところで、

「ご苦労さんでした。さあ乾盃しよう。ああ、うまいな……。ところで関本一家が明日あたり帰ってくるらしいが、坊主が騒いでも一切近寄らないこと。それから、次の仕事のことで調査をすることがあるので、市川君と理加ちゃんには引き続き手伝ってもらうよ。次郎さんと敏さんは連絡を待っていてください」

「ところで、先生。坊主が帰ってきて檀徒たちのところに行って、返還を迫ったらどうします？」

と安田が皆を代表して気になっていることを質問した。

「それは大丈夫なんだ。実は、売り出す前にあの土地の登記を調べたら、まだ西村とき名義になっていてね。多分権利書だけを取り上げたのが三月頃だったので、三月の確定申告があるので登記をすると取得資産になり金の出どころを追及されることや、税金を課税されるのを恐れて、まだ移転登記をしてなかったんだよ。それで、いまだに西村さんの所有となっていたんだ。仏遠寺の名義なら税金の心配はないが、それは本山の所有になってしまうんだよ。彼は自分の財産にしようとしたせいで、こんな結果となっていることは夢にも思わないだろうね。だから、こちらは心配ないんだよ。墓地を買ったお宅に坊主が乗り込むことも考えられるが、説得できる書面は作ってある。理加ちゃんから発送の手配もしてあるから問題ないよ」

「ああ、良かった。それが一番心配の種でした」

安田の言葉に皆頷き合っているところをみると、誰もが心にかけていたことのようだ。

「ところで、先生。所化の野口の話では、関本一家が旅行に行っている間に、本山の監査担当の坊主が調査に入ったんですって。なんでも、卒塔婆供養の不正を事細かく書いた投書があったのと、前々から本山では仏遠寺の供養金額の報告に不信を抱いていたことと重なったうえでの調査だったんですって。本山は供養の受付台帳を抜き打ちに調べることができるんだそうで、そこで大変なことが見つかったそうです。多分、関本が帰ってきたらすぐ、呼び出しがあるみたいですよ。この写真を見てください」

安田は数枚の写真を峰に渡して、野口から聞いたことの報告をする。その報告によると、写真に写っている卒塔婆板は皆、信者からの申し込みのあった卒塔婆板なのだが、その三分の一以上が、信者の申し込んだ戒名も俗名も書いていないものとなっている。

中央に南無妙法蓮華経と書いてあるだけの奥の列の卒塔婆が、それである。卒塔婆立ての前の数列は、正式に戒名や俗名が書かれていて、いかにも供養をしている体をなしている。信者は供養金を渡して、先祖や故人の供養を願っているはずだが、まさかこんな誤魔化しがなされているとは……、これは立派な詐欺行為である。

監査に入った坊主は、予備が置かれているのかと思ったりもしたが、当日中受け付けた申し込み枚数と突き合わせた結果、間違いなく申し込み数と俗名も戒名もないものも含めた枚数が合っている。

「そこで、本山への最近の報告と照らし合わせると、まったく数が違うことがバレて、おまけに表台帳と裏台帳があることも発見されてしまったそうで、監査の坊主はビックリしていたそうです」

それで、野口には絶対にこのことは信者にも漏らさぬよう、口止めをして帰ったそうだ。

「野口も知らなかったそうですよ。卒塔婆の書き込みは全部、関本が一人で書くんだそうです。以前は、卒塔婆と申し込み一覧表の読み上げ確認がされていたのが、いつの間にか方針が変わってたそうです」

その説明によると、本堂に月例の会で信者が集まり、時間になると皆でお題目を上げてから、住職が当日の卒塔婆供養されている氏名を呼び上げると、所化が一本ずつ差し上げて信者に見せて確認していたのが、信者が増え、卒塔婆供養の強要で本数が当時の数倍になった頃から、会合の時間の都合のため、供養された信者の氏名だけを読み上げる方針に変わってしまった。(俗名も戒名もないものがすべて、坊主の裏金になっていたのでは?)ということであった。

　多分、関本は寺持ち住職を解任され、本山に一家で住み込みを命じられ、給仕役に格下げとなるだろうとのこと。

「なんだね、遅かれ早かれ関本は、あの寺に居られなくなるのだったんか」

　野田が感想を述べると、理加が安心した顔つきをして言った。

「ほっとしました。お坊さんをイジメていいのかな、と少しは思っていたんですよ」

　峰がまとめるかのように、

「関本は住職の皮を被《かぶ》った、ただのイカサマ野郎だったから、皆、気にすることはないよ。じゃ、これでお開きにして、家に帰ってひと風呂浴びて、七時に《川秀》に集まってくれ。打ち上げをかねて皆の経費や報酬の精算をしますから……」

# 第十一章　戦い済んでの場

五月二十日、午後六時を廻った頃、関本一家が成田のゲートから出てきた。皆、バラバラの感じで、それぞれ自分の荷物を引きずって駐車場に向かっている。

関本一家が帰国の途についた機内でのこと、スチュワーデス同士の会話——

——ねえ、あの中央の三十七列の家族のお客さん、九日前の日本からのフライトに私があの人たちの世話をしたのよ。とても楽しそうな陽気な家族で、坊さんらしい父親がお酒をものすごく飲んだので、印象に残っているのよ。今のあの人たちはどう？　まるでお葬式の帰りみたいよ——

——ハワイで何かあったのかしらね——

——詐欺にでも遭ったのかもよ——

的を射た会話だ。母と娘だけが少し会話を交わしているくらいで、息子は眠った振りをしているし、父親は行きのフライトでは大丈夫だろうかと心配になるほどいろいろのアルコール類を要求していたのが、帰りはビール一本だけで止めてしまっている。

長男の義彦の運転で一家が自宅に着いた時は、午後九時を廻っていた。都内で渋滞に巻き込まれたせいもあって、皆疲れきった顔で車から降りてくる。車の止まる音を聞きつけて、留守番をしていた野口ら所化とお手伝いが玄関の扉を大きく開けて、

「お帰りなさい」

「うん」

次々と荷物を受け取り、運び終わって居間でお手伝いが出したお茶を前にした時、

「留守の間、別に変わったことはなかったか？」

と尋ねる関本に、野口はいずれ遅かれ早かれ知られることと思い、

「実は、本山より監査が入りました」

と報告した。

「それで、どうした？」

「卒塔婆と台帳を調べていきました」

「なにを！　……お前は住職が留守だからと断ればいいのに、なんで中に入れたぁ！」

「断りましたよ。そしたら、《末寺は本山の所有物だから、個人の持ち物以外の寺に関する物

は自由に監査ができるのだ》と強引に入ってきたんですから」

「それでも私の責任だからと言って、強く断ればよかったんだ。この役立たず！」

言うが早いか、関本は興奮して野口の頭をポカポカと殴り、なおも立ち上がって肩先を足で蹴りつけた。

「この寺での、わしの立場がなくなるんだぞ。出ていけ」

さらに二、三回蹴りつけて、奥の座敷へ荒々しく出ていった。

その剣幕の激しさに、家族の者はあっけにとられて、女房の政子が、

「なによ、野口君。卒塔婆の件ってなんなのよ」

「僕も詳しいことはわからないんですが、なんでも本山に対しての不正行為があったらしいんですって」

「それは、まずいじゃないの。野口君、知ってたの？」

「いや、卒塔婆に関しては一切、ご住職が管理され、僕たちには触れることは許されなかったのです」

「家は、どうなっちゃうの？」由理子が心配そうに母親の顔を覗くと、

「分からないわよ。ハワイなんか行かなければよかったのかしらね。まるで天国から地獄ね」

と母親も途方に暮れていた。

それから、帰国後三日めに本山からの呼び出しがあり、関本が覚悟を決めて出向くと、小会議室に入れられて、幹部住職六名に囲まれる形で詰問を受けた。

証拠を握られているので、どうしようもなく、結局彼らの推定で供養金の誤魔化した金額は正確には摑めないが、数億単位になるだろうということになり、関本の処置は後日、総務部から通達があるといって、帰された。

それからさらに三日後、総務部長の名で、正式に関本は「末寺の住職は解任、本山へ家族ともども住み込み、給仕の役に格下げ、一カ月のうちに退去せよ」との通達があった。着服した供養金はそのままで、使ってしまったことにしてしまったらしい。一般社会であれば、横領罪となり警察に突き出されるのがオチであるが、この世界は別社会で、一般常識では計れないようだ。

その日の日付が変わる時間に、関本はタクシーで帰ってきた。どこかで飲んできたのか、真っ赤な顔をしてむすっとした表情で居間に入ってきた。居間では皆、結果待ちのため、心配そうな顔をして住職の帰りを待っていた。

関本はいつもの自分の席にどっかと座るなり、

「お茶だ！」

と虚勢を張ってみせる。

「ほら、由理子、住職にお茶を入れてらっしゃい」

由理子が弾かれたように立ち上がり、リビングに向かった。居間には女房の政子と長男の義彦に、住み込みの所化たちが向かい合う形で座っている。野口は退職願を出して、もう寺には出てきていない。

まだ誰も口を開こうとしない。そこへ由理子がお盆に皆の分も含めたお茶を用意してきて、まず住職の前にそっと置いた。

「お父さん、本山での喚問って、どうだったの?」

関本は目をつぶり、お茶をすするようにして飲んでから、

「うん、本山に引き上げだとよ」

と告げた。

つづいて住み込みの所化の一人に向かって、

「お前がもっと上手に立ち廻れば、こんなことにならなかったんだ。馬鹿めらが!」

この所化は野口と違って、坊主に何かとゴマをすっていた男で、少しぐらい怒鳴られても、しゃあしゃあとしている。

「すると、ご住職。墓地の管理なんかはどうするんですか?」

所化の質問に坊主はキョトンとして、

「お前、何を言ってるんだ。まだ墓地の販売なんかしていないのに！」

「いえ、ご一家がハワイに発った翌日あたりから、例の土地に仮事務所ができ、大勢の人が買いに来てましたよ」

関本は、それこそ飛び出さんばかりに眼を見開いて所化を睨み、まるで小達磨《こだるま》のような形相となって喚《わめ》いた。

「それは、どこの連中なんだ！　お前は聞いてみたのか？　野口は何をしていたんだ？」

「はい、野口さんが責任者の方に聞いたところ、仏遠寺から販売を委託されている東墓地販売会社が窓口で売り出しているとのことでしたが……」

「なんだって？　わしはそんな委託なんかしてないぞ。明日早く野口を呼んでこい！　名刺なんかもらっているだろうからな」

「はい、わかりました。では、私は今夜はこれで休ませてください」

小坊主は言うが早いか住込みの小部屋に去っていった。


すでに時間も午前二時を過ぎている。女房と子どもたちは、ただ驚きの表情で聞き入っているだけであった。関本はハワイでのセクハラで一億八千万円を巻き上げられたが、ハワイからの帰りの機内で、（墓地販売でその分はまた稼げる）と計算を立てていたのだから、そのショックはかなり大きかった。なんだか悪夢の中にいるような気がしている。

しかし、坊主らしく、少しは反省をしだしている。(少し檀徒たちからの巻き上げと誤魔化しが、罰として出たのかな……とにかく明日だ)
まもなく、皆それぞれ床につきに部屋を出ていった。

翌朝、住み込みの所化は、食事前に野口のアパートへ自転車で乗りつけ、まだ寝ていた野口を起こして昨夜の経緯《いきさつ》を話し、一時間後に寺に来てほしいと伝えて帰っていった。

野口は墓地販売の裏の経緯を知っているので、困ったなと思っている。

(まあ、自分はどこまでも惚《とぼ》けておくことだ)

関本が朝のお勤めを終わらせて一服しているところに、野口が墓地会社の名刺を持ってきて、住職に差し出した。

「うむ、会社は府中にあるのか。聞いたことのない会社だな。野口、電話をとってくれ」

関本が電話の子機で、名刺の番号を何回プッシュしても、

——この電話は現在使われていません——のコールの繰り返しであった。

「なんだ、これは? この電話は使われていたのか?」

野口に振り返って聞くと、

「その番号で、皆さん申し込みをしていたようでしたよ」

「ほう、いやに詳しいじゃないか。まあいい。これから現場と、檀家総代の田中さんのところ

に行ってくる。車を出しておけ」

誰にともなく言って、急いで外出の支度をするため、奥の庫裏へ入っていった。まもなく関本は、白のズボンにベージュのポロシャツ姿で車に乗り、出ていった。まるで、ゴルフにでも行くようなスタイルであり、ハワイでの派手な感覚がまだ抜けていないようだ。


まず販売された墓地の前に立ち、この前まで更地だったのが周囲にはしっかりフェンスで囲いがされて、入り口に門までできているのを見る。門には「玉川平和墓地」の看板が取りつけられている様を見て、関本は驚きの色を隠せなかった。墓地内に入ると、綺麗に区画され、それぞれの購入した家の名前と番号札が整然と立てられている。

左側にはまだ数十坪分が空き地となっているのを見て、坊主はなんだろうと考えていたが、（まあ、あとはわしが売ればいいか）と少しほっとした顔で車に戻り、総代の田中宅に向かった。

田中宅の門の脇のインターホンに向かって、

「ごめん。関本だが、田中さん、いるかね？」

「どうぞ、門は開いてますから。玄関はいま開けますから、お入りください」

インターホンからの返事が返ってきた。今までは玄関を開け、本人が外まで迎えに出てきていたのに、なんだか勝手が違うような気がして、不審に思いながら中に入っていった。

奥さんが上がり口で迎えて、応接間に案内されたが、田中氏がいないので、

「あれ？　ご主人は」

「はい、いま来ると思いますよ」

これまでは待たせるようなことは一切なかったのに……と関本は不満顔になっていった。

「やあ、すみません。電話が入ったもので、お待たせしました」

如才なく声をかけながら田中が出てきて、向かい合わせに座った。

「今朝は、わざわざお見えいただいて、なんでしょうか？」

「わしが海外研修に行っているうちに、わしの土地が墓地として売られているのでビックリしてしまい、今現場を見てきたんだが、田中さんも買われているね。その経緯を聞かせてほしいんだがね」

関本一家がハワイに遊びに行っていたことは檀徒の皆が知っており、なにかトラブルを起こして大損して帰ってきたという噂まで流れている。本人は露知らず、いつもの態度でいる。

「あれ？　ご住職が販売の委託をされたんでしょう？　私はその委任状も見てますよ」

「わしは誰にも販売の委託なんか、してないよ。皆が買った土地の権利は無効だからな」

田中は黙って手提げ金庫の中から封書を出し、一通の書類を関本の前に差し出した。

「これが、墓地の権利書ですよ。一応私が代表して知人の司法書士に見てもらったら、間違い

なく正式の書類となっているそうです。それにあの土地の登記名は、西村ときさんだそうですよ」

関本は「あっ！」と小さく叫んだ。（しまった！　登記変更を遅らせたままだった……）自分の過失に思い至り、入ってきた時の居丈高な態度とは打って変わり、みるみる青菜に塩といった体で、すごすごと帰っていった。

来るまでは、総代に会って無効の宣言をして、新たに墓地代金を請求する心算が、すっかり予算狂いとなってしまった。（しまった。これは詐欺に遭ったのだ……）

関本は詐欺に遭ったと警察に訴えることも考えたが、土地は脅し同然のようにして手に入れたもので、おまけに登記もしておらず、逆にいろいろ調査されると脱税もしているのでまずい結果となってしまう。泣く泣く訴えるのは諦めることにした。

（その代わり、墓地会社の代表者を探して、売上金の半分ぐらいは請求してやろう……）とまだ考えていたのだったが……。

一方の峰は、友人の弁護士に依頼して西村とき名義の土地の権利書を取り戻すべく、関本が払った土地代金を持たせて仏遠寺へ交渉に行かせる手を打っていた。あとで弁護士から報告されたその件の顚末《てんまつ》は、次のようなものだった。

「関本は最初はなかなか応じようとせず、（あれは寺への供養だから）の一点張りだったが、墓地用地の申請が宗教法人仏遠寺でなく、個人での申請だから供養には当たらないと説明し、返却しなければ恐喝で訴えることもできると話すと、しぶしぶ権利書を返したよ」

これで、墓地の土地は関本の腐れ縁から離れた。峰は墓地販売会社の中堅どころにそのまま管理を委託したので、購入した人たちには何の問題も出ずに済んだ。

仏遠寺の所化だった野口は退職届を出し、アパートに引きこもりきりとなっている。この機会に普通の会社勤めに入るか、新しい住職が入ってきたら再び所化としての仏道修行に入ろうか……と悩んでいた。野口は所化になる前の数年間、サラリーマンの生活をしていたのだが、所化生活より勤め人のほうが厳しい生活だったので、それが悩みどころらしい。

実際は宗教の世界でも、真面目に修行しようとすれば、それは厳しいもので、一本立ちの住職になるには、かなりの年数がかかることも知っていた。ただ、野口はいい加減な住職の下で修行していたので、適当にやればいくらでも適当にできる体験をしてしまった。昔から揶揄《やゆ》されてきた言葉「乞食と坊主は三日やったらやめられない」というのがあるが、まさにその通りだったらしい。

その夜《川秀》では、「こんばんは」「今晩は」……と、峰以外の仲間が皆揃って入ってきたのを、ママの秀子が見て、

「あら、今夜は珍しく皆さんお揃いなのね。先生まだ見えてませんが、奥の座敷に用意がしてありますから、どうぞ」

一行は、次々と奥の座敷に消えていった。今夜のカウンターにはまだ客が二人だけで、テレビの野球の観戦でビールのジョッキを傾けている。峰が十五分ほど遅れて皆の前に現われた。

「やあ、時間を指定した本人が遅刻して、すまない。実は野口君の所へ寄ってきたのでね。彼の話が少し長くなったので遅れてしまった。一応、彼にお礼金を渡してきましたよ。彼の情報だと、関本一家は今月一杯で、あの寺を明け渡すことになったそうだよ」

(野口もいずれメンバーとして協力してもらえるかもしれないとの感触を得ていた)

皆から一斉に拍手が起こった。

「先生、仕事の成功と坊主追放の祝いで乾盃といきましょう」

野田の音頭で乾盃して、もう一度拍手が起こった。

「理加ちゃん、この封筒を皆に渡してください。皆一律だから名前は書いてないよ」

峰が渡した封筒は、ひと目で百万円以下ではないと見えた。市川が早速封筒の中を覗き、

「うわぁ……こんなに、よろしいんですか?」

その言葉を聞いて、皆一斉に封筒を覗き込んでから、峰に向かって口々に、「ありがとうございます」と言った。それからは、賑やかに飲み食べているところへ、ママが料理の追加を持って座敷に上がってきた。

「ずいぶん、賑やかだこと。よほど良いことがあったようね」

理加が早速ママに、

「ママ、聞いてよ。あの関本一家が、供養金の誤魔化しがバレてしまってね、お寺を明け渡しになったんですって」

「まあ……大成功じゃない。私にも一杯、お相伴させて」

理加がママに酒を注ぎながら、峰に向かって、

「先生、ハワイでのこと、おおよそでいいですから、話してもらえませんか？」

皆もそれを知りたかったようで、一斉に峰に向かって好奇心を漲《みなぎ》らせた目を向けた。


(皆はハワイでの出来事を知りたがっていたんだな) と峰は了解した。

「わかった、話すよ。ハワイでね、実は最初に坊主をはめる計画をしていた不動産の件は止めて、セクハラで仕掛けることにしたんだが、実は思わぬ展開となってしまってね」

峰はハワイで起こした坊主のセクハラ事件のおおよその話をしてやった。アヌスを怪我させた部分に来ると、皆一斉に「うへ……」と奇妙な叫び声をあげた。

「まったく、なんとした男だろうね」

ママが感想を述べると、「日本人の面汚《つらよご》しだよ、まったく」と野田が嘆く。

「聖職者の皮を被った畜生だな」安田が結論めいたことを言った。

最後に、息子がマリファナで警察に引っ張られて取り調べられ、一応未成年なので罰金刑で済んだ話になると、皆唖然としてしまった。

「それじゃ、家族の間はメチャクチャでしょうね」

ママがすぐ家族の実態を推測すると、

「これで、長い間信徒を手玉にとってきた罰が当たったたんですね」

「うん、これが仏法なんだよ」

と峰が結論すると、若い理加が、「それは、どういう意味なんですか?」と尋ねる。

「どんなに上手に世間の目や法の目をかいくぐって悪事を働いても、仏法の目からは逃れることはできないということだよ。必ず自滅するとか裁きを受けるとか……。まして、人を教導すべき聖職者が人を誑《たぶら》かせば、その罪は一般の人より重いとされているんだ。今回の我々の仕掛けで坊主の本性が表われた訳だ。これが《裏の裁き》と言えるだろうね」

峰が丁寧に解説した。

「いやー、堅い話になってしまったな。さあ、楽しくやろう」

それぞれ雑談をしながら大いに飲み、打ち上げは一時間ほどでお開きとなった。

峰は店の精算があるのとママの秀子との約束があるので、カウンターに席を移してきた。店には、女性一人含めて四人の客がカラオケを楽しんでいる。

「峰さん、飲み物は何にします？」

ママは他の客の手前、あらたまった話しかたをしている。

「ビールだと腹が張るので、焼酎のウーロン割りにしてください」

「私もそれで、一緒に飲ませてね」

お手伝いの女性に用意をさせて峰の脇に腰掛けながら、「今夜ゆっくりできるんでしょ？」と囁くように、峰を下から覗くようにしながら唇を突き出している。

峰は笑いながら、ママの腰をポンと叩いた。

「さあ、お酒が来たから飲みましょう」

カウンター内の女性が片づけを始めだした。

「美代子さん、もう適当なところで帰っていいですよ」

「はい、これを洗ったら帰らせてもらいます」

四人の客は大分できあがって、カラオケの歌も乱れぎみとなっている。

「伊藤さん、もうそろそろカンバンにしたいんですけど……」とママは声をかけた。

「分かった。今一本予約を入れたのを歌ってから、引き上げるとするからね」

「今夜は皆さん、大分ご機嫌ですね」

「ええ、余禄《よろく》が入りましてね。今週の末にこのメンバーで温泉に行こうと決まったところですよ」

「それは結構なこと。お土産を楽しみにしてるわよ」

ママと伊藤という客が話しているところに、

「ママ、精算してください」

同僚が最後のカラオケに酔っているうちにと、同行の女性が勘定を済ませにきた。それから間もなく、四人はもつれるようにして、帰っていった。

峰が尋ねた。

「ママ、あの人たちはどんな職業なの?」

「あんなに派手にはしゃぐとマズイのよ。役所の専属みたいになっている設計事務所の人たちなの」

「ふーん、なんか大きなプロジェクトができるんじゃないかな」

「えー?　なんで分かるの?」

「余禄が入ったと言ってたから。多分、予算前の設計で、そのアウトラインを彼らがやらされて、その内容を大手のゼネコンあたりが嗅ぎつけて情報を買ったんだろう。彼らあたりだと、数百万円の単位だろうな。上のほうでは収賄の匂いがしてくるな。今度のターゲットとも関連してるような気がするね」

話に夢中になりはじめる峰を、秀子が遮った。

「もう難しい話はやめて、私のお部屋に行きましょうよ」

ママの誘いの言葉で峰は立ち上がって、ママの家へ場所を移した。

「湯舟に一杯お湯を張っておいたの。さっきお店を抜け出してね」

「用意がいいな」

「この浴衣を着てね」

さし出された浴衣を受けとりながら峰は、

「ママもあとから一緒に入ってこいよ」

「駄目、駄目よ。明るいところで見られたくないもの。じゃ、おビールを用意しておきますから、お風呂から上がったら、飲んでいてね」

「じゃお先に……」と無理強いせず、峰はあっさりと風呂場に入っていった。

峰は内心で思っている。（あまり馴れ合いになっては、まずいだろうな。他の客に気づかれだしては、ママのためにもならないからな……）風呂につかりながら、峰は自重することを考えているようだ。

風呂から上がり、深夜番組のテレビをつけて、ビールを飲んでいるところに、秀子が風呂から上がってきた。

「私にも注いでくださいな」

タオルで襟《えり》足の汗を拭きながら、峰の脇に横座りとなった。浴衣がはだけているので、乳房が覗けて見える。

峰がそっと手を差し入れて、

「ママは若いね、張りがあるよ」

「恥ずかしいわ。お世辞は言わないで……」

「本当だよ、若い人の、ただ張りがあるのと違って、しっとりした脂の乗った固さがいいんだ」

「貴男のお蔭で、寝ていた娘《こ》を起こされて、ふっと夜中に身体が熱くなったりして、そこに手を入れてしまうのよ……」


峰の手が乳房への愛撫を始めると、秀子はビールを口一杯に含むと峰の唇に持っていき、流し込みながら舌を差し込んでいった。二人は自然に身体の向きを変えた。

峰の一方の手は彼女の浴衣の裾を割って、奥に差し込まれていった。舌の絡み合いも次第に激しくなっていく。彼女の手はしっかり峰の背に廻っている。膝を崩していき、太股を開きぎみにして、上半身は峰にあずける形となる。恥部にあてている峰の手が動きやすくなった。もうそこは熱い液にまみれている。

峰の指は谷間を上下しながら、敏感な部分の愛撫を始めだした。彼女は腰を浮かしぎみに前に押し出してきた。鼻息も次第に荒くなり、もう唇を合わせてはいられなくなり、頭を峰の肩にもたせ、小刻みに腰を使いだした。

「もう、イキそうよ……」

耳元に、囁くような声で秀子が甘える。

「お布団に、連れていって」

峰は彼女を抱きかかえるようにして、隣の寝室に移り、そっと横になりながら覆い被さり、浴衣の細紐を引き抜き前をはだけさせて熱く固くなっている自身を握り、彼女の谷間にあてがっていった。彼女の谷間はもう前戯の必要もないほど熱い海となっている。

峰が腰を進めて手を放すと、秀子は急いで両脚を絡ませて、腰を突き上げて峰のものを、より深く埋めていった。

「ああ……あ」

最初から激しい動きとなり、早くも最初の山を登った。

「うん、イクのよ……」

両太股が、細かく痙攣して、秀子が呻《うめ》いた。動きは止まって、激しく唇を吸ってきた。しばらく舌の絡み合いに没頭しているうちに、秀子の両脚に力が加わってきて、新たな営みに入っていく……。

このように、いくつかの山を迎えて、最後の大きな山に向かって二人の行為は続けられていった。

もう夜明けがそこまで来ている時刻となっている。

（この作品はフィクションであり、文中に登場する人物や団体名は実在するものとまったく関係ありません）

**著者プロフィール**

**深大 直樹**（じんだい なおき）
1934年、東京浅草に生れる
大手プラスチック加工会社の技術部長を経てエンジニアリング会社設立

**詐欺師ロクさんシリーズ 悪い奴は眠らせない！**

2003年3月15日　初版第1刷発行

著　者　深大 直樹
発行者　瓜谷 綱延
発行所　株式会社文芸社
〒160-0022 東京都新宿区新宿1−10−1
電話 03-5369-3060（編集）
03-5369-2299（販売）
振替 00190-8-728265

印刷所　株式会社ユニックス


ISBN4-8355-5345-4 C0093